耐えて、耐えて、居直った男の話

実録・ある銀行員の戦後史

小磯彰夫
KOISO AKIO

花伝社

耐えて、耐えて、居直った男の話——実録・ある銀行員の戦後史◆目次

1章　大人達に翻弄されて　5

2章　自分を探し求めて　44

5章　一度だけの人生　156

終わりに　199

1章　大人達に翻弄されて

異国で友に大金を盗まれた母

暗い留置場の中から、ギラギラと光る目が幾つも八郎に注がれている。八郎は鬼に睨《にら》まれた恐怖感に襲われ、父にしがみつきたかった。小磯義之はそんな息子の気持ちを知ることがないままに八郎を肩車に乗せ、留置場の前を通って自分の職場に急ぐ。出征の挨拶とともに、三歳二ヶ月になった息子を同僚たちに披露しようとしていたのだ。

職場の入口に立つと、八郎を初めて見る同僚たちが笑顔と拍手で迎えた。

八郎の記憶はこれらの出来事からはじまった。

昭和二十年の五月、首都新京にある満州国国務院司法部に勤めていた義之に、関東軍から召集令状がきたのだった。

義之は明治四十四年生まれで三十五歳、母の絹子は大正五年生まれで五月に二十九歳になったばかりだ。

八郎は昭和十七年の三月に満州のチチハル、現地の言葉で「辺境の地」で生まれた。新京よりハルピンを経て約五百キロ、北の都市だ。奥深い森林の興安嶺を超えればソ連に四百キロ、モンゴルに三百キロの地で、冬にはマイナス四十度以下になる。

弟の映史も二年後、厳寒の一月に生まれた。しかし四月になって下痢が止まらず、五月に栄養失調で亡くなる。その二ヶ月後に父は新京に転勤になった。

絹子は男四人、女六人の長女として弟と妹の世話を長年焼いており、気丈夫な性格だった。義之と同じ村で育っていたためにお互いに小さなころから知っていたこともあって、二十五歳で内地から嫁いできた。

義之は名主の家に五男一女の四男として生まれた。父親は自由民権運動の闘士として二十八歳から市会議員を続けており、別邸に住まわせている妾との間に九人の子供がいる。母親は自分のもとに帰ってこない夫に癪《しゃく》を起して、いつも寝込んでいた。

そんな母親に代わって、気が優しく器用な義之は中学に通いながら家事を担わされた。そのために勉強は疎《おろそ》かになり、いつしか登校しなくなる。

兄弟は一人が東京帝大に入って後は中学と高等女学校に入っていた。

父親はこのまま義之に家事を続けさせるわけにはいかないと、洋服職人の道を息子に選んだ。三年後、一通り仕事を身につけた義之は「このままではうだつが上がらない」と考え、夜逃げ同然に単身で満州に渡ったのである。

大連の町で見る満人や朝鮮人の中を行き交う活気に満ちた日本人達と、満州鉄道に乗りながら眺める果てしない満州の大地に、義之は一旗揚げる夢が実現できそうな気分になっていた。目的地の新京駅に降りる。内地で話に聞いていた三中井百貨店に出向いて、紹介なしで自分を売り込む。難なく注文服の歩合販売員になった。義之は知った者が誰もいない新天地での成功への第一歩に、武者震いをするのだった。

そして十年、革靴を何足も潰しながら満州の各地を歩き回って、人の好さと誠実さで蓄財に成功した。

三十歳を過ぎて結婚を意識した義之は、洋服の注文で出入りしていた司法部上層部からの誘いを渡りに舟と、転職した。仕事は現地人を使った軍服の製造指導だった。

結婚してからも義之は相変わらず仕事人間で、家に不在のことが多かった。短い間に転勤した奉天、チチハル、新京という異国の地で、心寂しい思いで帰宅を待ち続けている絹子の気持ちを、推し量ろうとはしなかった。

召集令状が来ても仕事の引き継ぎと、司法部や洋服販売を通じて知り合った人々への挨拶廻

チチハル・両親と５ヶ月

りで日々を過ごし、妻との時間をまともに取らないまま出征当日が来た。

今生の別れとなるかもしれないのに、最後まで放置されたままの孤独感に絹子はさいなまれていた。

司法部の前での簡単な壮行会が終わる。召集された司法部の男三人が集合場所の新京駅に向かい始めると、それまで自分を押し殺していた絹子が感情を爆発させるように泣き出した。母の思いが伝わった八郎も声を上げて泣き出す。壮行会に来ていた人々は驚き、小磯の家族に不吉な予感を感じるのだった。

その三ヶ月後の昭和二十年八月九日、死刑囚を先頭にしたソ連軍百七十四万人と火砲三万門、戦車五千輌、戦闘機五千機が国境全域とモンゴルから満州に攻め込んできた。ソ連が日本との中立条約を破棄して宣戦を布告してきたのである。

二十七年前のロシア革命の時に、ソ連共産党政権の崩壊と領土拡張を目的とした日本軍七万人が四年の間シベリアを侵略して、住民虐殺と略奪、放火をしながらバイカル湖以東を支配した。その時の復讐と日露戦争で奪われた樺太や千島列島の奪還だった。

満州各地の日本人開拓団には徴兵出来なかった病弱な男や老人、女、子供二十二万人がいた。ソ連の侵略を事前に察知していた関東軍はこれらの人々を放置して、列車やレールを爆破させながら、戦うことなく一線から逃げた。

その結果、たいした戦いもなくソ連軍は開拓団から金品や女の性などを奪い、虐殺と放火をしながら侵攻してきた。それに呼応して関東軍に土地を奪われ迫害されてきた満人や朝鮮人が、恨みを晴らし出した。

開拓団ぐるみの集団自決と逃避行が満州全域で始まり、七万人が亡くなった。武力を背景にして関東軍がでっち上げた「王道楽土」が、関東軍の戦闘放棄とソ連の侵略で一瞬にして阿鼻《あび》地獄の地と化したのである。

関東軍の総司令部が新京にあった。軍同様に軍関係の家族は深夜の列車で極秘のうちに避難した。

敗戦数日前、司法部に勤める日本人家族全員が最低限の持ち物を持って、避難する日本人で溢れかえっている新京駅前広場に集まった。司法部に勤める男のほとんどが召集され、残ったのは高齢の男と女、子供だけだ。いつ列車に乗れるのかわからないまま終日待機しなければならなかった。

八郎は小便を我慢できなくなる。雑沓する駅前広場から離れたビルの片隅でさせなければならない。絹子は貴重品を入れた重い手提げ鞄を親しくしていた子供のいない女性に預けた。

小便を終わらせて戻ってくると、その女性がいない。司法部の人に聞いてもどこに行ったのか誰も知らなかった。雑沓のなかを探し回るが見つからない。しかたなく戻ると、手提げ鞄を預けていた女性がいた。

「鞄、ありがとう」

「え？　何のこと？」

「預かってもらった鞄よ」

「私、預かっていないわ」

絹子は愕然《がくぜん》とした。

「八郎がおしっこするからって、頼んだじゃない」

「頼まれないわ」

（嘘！）

慌てながら絹子は預けた女性の近くにいた女性に聞いた。

「私がこの人に鞄を預けたの、見ていなかった？」

その女性を見ながら一瞬考えるようにして、

「自分のことで精いっぱいで、覚えていないわ」

ほかの人にも聞いたが、明確な答えは返ってこない。

「違う人に頼んだのじゃないの」

手提げ鞄を預けた女性は他人事のように言うと、その場を離れていった。

鞄のなかには内地に持って行くことを許されている一人千円の日本円が二千円入っていたのだ。新京の日本人の平均年収分だ。

やっと見つけた団長にいきさつを話すと、

「司法部の人間にそんなこと考えられないよ。小磯さんの勘違いだろう」

絹子に疑いの目を向け、忙しそうに離れていった。

義之は注文服の歩合販売で蓄財してきた金のほとんどを、内地にいる本家の兄に土地を買ってくれるように頼んで送っていた。それでも役所勤めだけの同僚たちよりは裕福な生活をしていた。義之から金銭のことをほとんど聞かされていない絹子は、そのことをあまり意識しないままに近所付き合いをしていた。官舎の主婦達、特に親しくしていた女性は常日頃絹子を羨ましく思い、妬みを感じていたのだ。

新京駅前での雑沓に紛れたこの盗難によって、絹子は今まで付き合ってきた官舎の女性全員を信じられなくなる。

このことがあってから母子の人生はまるっきり変わることになったのだ。

避難する列車の予定はまったくたたず、全員が官舎に戻る。

同じ頃、軍の家族に続いて新京を逃げ出していた人達が朝鮮の釜山に向かっていた。彼等を乗せた列車は通過する先々で現地人に襲撃されて、命と私財を奪われた。一部は新京に引き戻れたが、多くは朝鮮に隣接する安東で列車は止められたままとなった。

同じ様に満州各地から釜山に向かった日本人が三万人以上死んだ。

やがて新京にソ連軍が入ってきた。日本人への暴行と強奪がおこなわれたが、新京駅から一里離れた裏通りにある司法部の官舎は目立たず、襲われていなかった。

そんなところに仲川修三が部隊から脱走してきたのである。

修三はこの年の六月に二度目の召集を受け、ソ連軍が侵攻した時には吉林に駐屯していた。ノモンハン事件でソ連の捕虜となって脱走した前科があるために、ソ連軍に捕まれば銃殺される。そのために捕虜になる寸前に逃げたのだ。

修三は官舎に戻ったその日のうちに動き、新京駅から十五分ほどの児玉公園の前にある三階建てビルに、司法部の家族全員が一緒に移り住むことになった。ソ連軍や現地人からの被害を防げて、避難列車にすぐに乗り込むことのできる場所だ。修三が知っている満人が日本人から安く譲られたビルだった。

その中に二千円を奪った女性がいた。

「一緒にいなさい。そのほうが危なくない」

修三の再三の説得にも関わらず、絹子は八郎を連れて皆から離れた。

同じ頃、義之はチチハル近くの昂昂渓《けいけいこう》で捕虜となって貨物列車の中に押し込まれ、満州里からバイカル湖を経てクラスノヤルスクの収容所に向かっていた。この時期、ソ連はシベリア開拓のために日本兵六十五万人全員を拉致し、関東軍の物資をすべて持ち去ろうとした。

手持ち金はあまりなく、絹子は八郎との生活の糧を得るためには働かなければならない。官舎に出入りして親しくしていた満人の酒屋に働き口を頼み、街頭での饅頭売りの仕事を得ることが出来た。住まいは繁華街から一キロ離れた製材工場の工夫家族のための長屋の一棟だ。工場と材木は敗戦とともに満人の酒屋が日本人から二束三文で買い取ったもので、建築途中の長屋には誰も入っていなかった。

長屋周辺は製材工場の工夫以外に出入りがないとはいえ、自分が働いている時間に八郎が誘拐されることを絹子は心配していた。

「お母ちゃんがいないうちは外に出てはいけない。火をつけてはいけない」

「人から物をもらってはいけない。人攫《さら》いにあう」

口酸っぱく言い聞かせて饅頭売りに出かけた。その間、八郎は製材工場で馬が材木を曳く様子を窓から眺め、飽きると土間で三輪車に乗って一人で遊んだ。

いつものように材木を曳いている馬を眺めていると突然雨が降ってきた。思い切り窓を閉めると小指を挟む。爪がはがれて痛くて泣いても母はおらず、誰も助けてはくれない。八郎はその後も続く、一人でいる寂しさや辛さを我慢しなければならなかった。

そこに住んで二ヶ月が過ぎようとする頃には、日本人の母子が長屋にいることを工夫達が知ることとなった。夜になると酒を飲んだ工夫達が卑猥な声をさせながら長屋の外を蠢《うごめ》く。(内から鍵をかけていても襲う気になったら簡単に壊れる。十一月に入れば寒くて住めない。明日にでも官舎に戻ろう)

誰も住んでいない官舎の、自分たちが住んでいた三階の部屋に戻った。鉄筋で出来ている官舎は鍵をかけていたために、残しておいた家財の盗難や破壊がなかった。だがこの一ヶ月間のあいだに手持ちの金は確実に減ってきている。内地に帰れる日まで饅頭売りと値打ちのない家財を売りながら、何とか二人で生き延びなければならない。

絹子にとって三歳半の八郎を誰もいない官舎に一人で置くことと、繁華街まで片道一時間近くを歩いて毎日往復することが、新たな問題となった。仕事は午後だけにした。何でも屋を兼ねた酒屋は週に何度か官舎の近くに住む満人達の家に午後、注文取りに来る。そのついでに八郎の様子を見てもらうように頼んだ。

「外には出てはいけない」
八郎はそう言われても、誰もいない官舎の部屋で毎日一人だけでいることは出来ない。住んでいた三階の踊り場で三輪車に乗って階段から転げ落ち、頭を打って意識を失った。意識が戻ると頭痛がした。そのことがあってから、母に何度か連れて行ってもらった満人の友達の家を探して、遊びに行くようになった。その帰りに、地平線に沈む真っ赤な大きな太陽を佇んで見入る。やがて薄暗くなった道を走って官舎に着くと、暗い階段を上がって誰もいない部屋に入り、母が帰ってくるまで布団の中で温まりながら寝る。こんな記憶が残る日々となった。

十二月に入ると午後には気温がマイナス二十度以下に落ち、街頭での饅頭売りは絹子の身体に響いた。半日だけの仕事では一日の生活の糧も稼げない。八郎には食べさせても自分は我慢する日々が続く。

新京・母と３歳

絹子は疲労と栄養失調で一気に体力が

弱った。二月には働ける状態でなくなり、残り少ない家財を満人に買ってもらいながら食い繋ぐことしか出来ない状態だ。食べ物はトウモロコシ粉のお焼きばかりだった。

四月、気温は幾分暖かくなってきたが絹子の微熱は引かない。いつしか部屋の中には小さなちゃぶ台と食器棚、七輪、米櫃《びつ》、汚いせんべい布団一組と金盥《たらい》一つ、座布団一枚と洋裁用具、そして八郎が生まれた時から遊んでいた張り子の犬しか見当たらなくなっていた。親子とも着た切り雀で髪の毛が脂でこびりついている。

それでも八郎はいつも母と一緒にいられることがうれしく、何でもしゃべった。母親ゆずりでおしゃべりだ。しかし、母の体調が悪くなるにつれて叱られることが多くなる。

「ぼさっとしないで急ぎなさい。きれいに片付けなさい。言われたことは守りなさい」

八郎は小言を言われ続けた。

外で数頭の馬が官舎の前を走り抜ける音が聞こえる。母は針仕事をやめて怖い顔をして、

「馬賊に攫《さら》われるから、押入れの中に入っていなさい」

これが八郎の記憶している母の最後の面影と言葉だった。

二度生かされた戦争孤児

昭和二十一年五月二十八日、酒屋の満人が二人を見つけたときにはすでに絹子の身体は冷た

かった。そばに寄り添って寝ている八郎の身体は高熱で弱っている。

仲川修三と医者がすぐさま官舎に向かう。

「母親が亡くなって数日経っており、子供の命はそう長くは持たない」

医者は修三に告げた。親子いずれも栄養失調と結核だった。

この冬に満州各地から新京に逃れて、伝染病や飢餓、凍死、暴力などで亡くなっていた日本人は七万人になっていた。夜になるとリヤカーに乗せられて、興安大路の西にある緑園地区に用意された大きな穴に放り込まれていた。

「小磯が出征するときに家族のことを頼まれている。助けてくれないか。金は何とかするから」

医者に修三が頼んだ。

「何日も食べていないようだから柔らかいものを少しずつ食べさせてください」

子供のいない修三夫妻に医者は注意する。

医者が不足していたソ連軍が開業医を拉致しようとした。そのことを聞きつけた修三はロシア語で交渉して助け、同じビルにその家族を同居させる。医者はその恩義に報いようと、手に入らないペニシリンを見つけ、何日間にわたって注射をした。すると八郎は元気を取り戻しはじめた。

「生命力が強い子だ」

医者は修三夫妻に安堵した顔を見せる。

絹子を茶毘《だび》に付すために修三は満人を通じて、新京を支配していた国民党の許可を特別に得た。司法部で初めての犠牲者だった。絹子が八郎をよく連れて行っていた、官舎の前の広い公園の一隅に材木を積み上げて、その上に遺体を乗せた。

「お母ちゃんがこれから天国に行くからな。幸せになるように祈るのだぞ」

僧侶が読経を読む中、修三は背中の八郎に声をかける。八郎は両手で拝みながらその様子を見続けた。

紫の炎が燃え上がり、公園の樹木に染み込むようにゆっくりと紫煙が立ち昇る。母の匂いが八郎を包むようだった。

(僕を一人にしたままお母ちゃんは天国に行くの？　僕はどうすれば良いの？　お母ちゃんの傍に行きたいよ)

八郎の目には涙があふれ、修三の背中を濡らした。

「お母ちゃんは天国からいつでも八郎のことを見守っているからな。お母ちゃんは八郎と一緒だよ」

四歳を過ぎたばかりの八郎の、母親に先立たれた悲しみと心細さが背中から伝わってくる。

修三は胸が締め付けられるのだった。

荼毘《だび》に四時間以上かかり、亡骸《なきがら》は公園の片隅に葬られた。

その十日すぎ、八郎が再び高熱を出してぐったりした。腸チフスだ。修三の妻勝子が栄養に良いと考えて与えたゆで卵が腐っていたのだ。

(今度は本当に助からないかもしれない。一度生かした命を自分達の油断で殺してしまう。どんなことをしてでも八郎を助けなければならない)

修三夫妻は昼夜を分たず看病し続ける。

医者の懸命な治療も手伝って、再び回復の方向に向かった。

このことがあってから修三夫妻は自分の子供のように八郎を可愛がるのだった。

その様子をつぶさに見ていた手伝いの女性が、八郎の耳に口をあてて小声で言った。

「仲川さんをお父ちゃん、お母ちゃんと呼ばなければいけないよ。そうしないと内地に帰れないからね」

八郎はすぐに「お父ちゃん、お母ちゃん」と呼ぶようになった。

修三は八郎を毎朝児玉公園に連れて行って、一緒に運動をするのだった。

八郎も次第に元気を取り戻して自由に振る舞い出した。母が子守唄替わりに口ずさんでいた「討匪行」の替え歌や「水師営の会見」を歌いながら、三輪車を乗り回すようになる。一人、児玉公園の前の広い中央通りを渡って坂を上り、すでに日本人がいない関東軍総司令部の裏口から中の広場をのぞいた。国民党軍の人が気合を入れながら竹刀を振っている。三輪車で坂道を上ると、大同大街に通じる道が黒松の街路樹で覆われていて、お化けが出そうに思えた。

仲川修三は明治四十年に水戸で生まれた。水戸藩士の出で、父は中学で教員をしていた。修三は師範学校を卒業して教員をしていたが、友人からの誘いで中国大陸に渡る。各地を転々として人脈を作りながら言葉を覚えた。

昭和七年、満州建国とともに日本人、満人、朝鮮人、漢人、蒙古人が共になって「王道楽土」を建国するための、「五族協和会」で働くことになった。

修三にとって水戸学の尊皇と八紘一宇、東亜の統一、そして「人能く道を弘むるなり。道とは何ぞ。天地の大経にして生民の須臾《しゆゆ》（少しの間）も離るべからざる者なり」の、藤田東湖の教えを実践する場だった。

修三は現地人の言葉で話すとともに情け深さと決断力で現地人から信頼され、協和会で欠かせない存在となった。

やがて上司の親戚の娘で、横浜の高等小学校で教員をしている勝子を嫁にもらう。

昭和十二年に関東軍へ召集され、その二年後にノモンハン事件が起きる。

満州とモンゴルの砂漠地帯の国境線をめぐる壮絶な戦いである。四ヶ月にわたる戦いに日本は六万人の兵を注ぎ二万人の死傷者を出した。銃や手りゅう弾で自殺した者、責任を取らされて自殺させられた将校も多かった。陸軍大臣東条英機が全軍に示達した「生きて虜囚《りょしゅう》の辱めを受けるな」の戦陣訓を受けて、兵士達はソ連、モンゴル軍との玉砕の戦いを求められていたのだ。

修三はソ連軍の捕虜になった。日本に戻れば軍事裁判で銃殺刑になるか、重罪を負ったような日々が待ちうけている。ソ連に捕まった千人近くの日本兵ほとんどがそのことを恐れてソ連やモンゴルに留まった。修三は同じことを考えながらも、四人の部下とともに脱走することを決断した。

脱走は成功した。新京に戻ると協和会の上司を通じて司法部の刑務課に身を潜める。その間、修三の存在によって日本人刑務官と現地人の囚人とのいざこざが減った。

やがて修三の能力を必要とする協和会の要請で捕虜となった罪が不問にされ、刑務課に席を置きながら協和会に協力することとなる。

そこに修三の部下として、義之がチチハルから転勤してきたのである。

八郎はビルの三階の屋上の出口から大人にまじって空を見た。戦闘機が南西方面に二機飛んでいた。

「ソ連のだ。どこに向かっているのだろう」

上空を飛ぶ戦闘機を見ながら、大人達はさまざまな話をしていた。

やがて昭和二十一年九月、仲川修三が団長となり二千人の高齢の男、女、子供、幼児の部隊が南新京駅から無蓋《むがい》列車に乗った。内地への深夜の逃避行がはじまったのだ。

「幼児の泣き声が聞こえると襲われるから、黙らせてください」

「無蓋《むがい》ですから、落ちないようにお互いに気を付けあうように」

修三は全車両を巡りながら注意していた。勝子は八郎を毛布のなかに押し込んで抱え込む。泣き止まない幼児が母親に口を押えられて窒息死した。

列車を襲撃から守り、現地人運転手や停車する駅ごとの金銭折衝をするために、修三はほとんど先頭車両に乗っていた。列車は停まったりノロノロ動いたりしながら奉天にたどり着く。そこで留まったまま何日か過ぎると、やがて予告もなしに列車から離れた人々を残して無蓋《むがい》車は動き出した。

帰還船が発着する葫蘆《ころ》島に着くと、自分達同様の着の身着のままの日本人が大勢蠢《うごめ》いている。幾つかの倉庫の中で全員が過ごした。

一週間ほどすると、突然貨物船に乗れることになった。修三は八郎を肩車に乗せると部隊に大声で怒鳴った。

「私が肩車している子供を目印にしながら付いて来てください！」

結核の影が色濃い八郎の胸元には、小さな骨箱が二つ、白い布で肩から吊るされていた。中には母の遺骨代わりの簪《かんざし》と弟の遺骨代わりの小さな石が入っている。八郎が満州から日本に持ち帰れたものは二つの骨箱と親子で撮っている数葉の写真、身に着けている衣類だけだった。

大きな板をつなげて作った桟橋への通路は、大勢の人が歩くと上下に揺れて水が撥《は》ねた。肩車している八郎の細い足を修三はしっかりと持っていたが、八郎は怖かった。

貨物船の船底に下った階段の近くに修三は三人分を陣取る。広い船底はやがてギュウギュウ詰めになった。引き揚げ者達の汗臭さで息苦しかったが、食事の時間になると温かで美味しそうな匂いで船底は充満した。

修三は相変わらず忙しく動き回っている。

八郎は日中の天気の良い時は勝子と甲板に上がり、長椅子に座った。長椅子の上に立って見る果てしない海原が八郎には珍しかった。突然、船が揺れて身体が甲板を転げた。海に落ちるのではと心配している八郎を眺めながら、勝子は内地に着いてからの八郎の扱いを思案していた。

敗戦直前に満州にいた日本人は百八十五万人で、葫蘆《ころ》島から身一つで逃げることが出来た日本人は百万人。二十万人がソ連軍の侵攻と逃避行によって死ぬ。シベリアに拉致された日本兵六十五万人のうち、強制労働と暴力、飢餓と寒さで六万人が死んだ。

また同時期に樺太と千島諸島から拉致された日本兵と民間人は四十万人を越し、戦闘と虐殺、逃避行、シベリアでの労働で死んだ者は三十万人と言われている。

また現地人に拾われたり誘拐されたり売られた四千人近くの満州孤児達は、その後三十五年のあいだ生死が不明のまま放置された。

博多港に着く。八郎にとっては初めて踏んだ内地と呼ばれていた日本の地だ。白い粉状のDDTが頭と背中のなかに大量に散布される。空中に漂う薬くさい臭いが、八郎の鼻にこびりついた。

捕虜帰りの父と

やっと辿り着いた横浜は焼け野原だった。勝子の母親が住んでいる家に着く。家の周りと目の前の小高い丘は淡い緑で覆われ、新京の濃い緑の木々や丘陵のない風景と違っていた。

一ヶ月近く経った頃、見知らぬ二人が家の中に入ってきた。笑みを浮かべながら八郎を眺め回して「そっくりだ」と言う。

二人は修三や勝子と長話をする。やがて修三に呼ばれて八郎は外に出て、近くを散歩した。戻ると勝子が言った。

「ここにいるのは八郎のおじいちゃんとおばあちゃんだよ。亡くなったお母ちゃんのご両親。

わかる？　これから一緒に行く仕度するからね」

八郎にはわからない。

（僕のお父ちゃんとお母ちゃんはここにいるのに）

祖母が言う。

「八郎のおばあちゃんだよ。一緒に行こうね」

（人攫《さら》いだ）

会ったこともない人から親しげに言われた八郎は断った。

「嫌だ。僕はお父ちゃんとお母ちゃんと一緒のほうが良い」

勝子は今まで見せたことのない怖い顔を八郎に見せながら、

「駄目。行かなくちゃいけないの」

「絶対行かない」

修三を探すが、どこにも見えない。

「お父ちゃんはどこ？」

「八郎が嫌いになったから、いなくなったのよ」

「嘘だ」

祖母は言った。

「二日の間、お婆ちゃんの家で寝たら帰ってくるからね。二日だけだよ」

「そうしたら家に連れ帰ってくださいね」

と勝子が言う。

お母ちゃんのきつい声を耳にしながら、八郎は無理やりに着替えさせられた。

祖父におぶわれて家を離れる。修三と勝子が別れの手を振りながら涙を流していた。

(母親は亡くなり父親はシベリア抑留だ。あの細い身体では生きて帰れることは考えられない)

そう考えた修三と勝子は、八郎を自分たちの子供にすることに決めていた。

そのことを打ち明けられた勝子の母親は、

「黙って自分達の子供にしたらまずいよ。もしも父親が帰って来たり、父親や母親の親達が知ったら大変なことになる」

(確かに問題がある)

修三は義之から小耳にはさんでいた出身地に手紙を書いた。とはいえはっきり聞いているわけでもない。「大秦野、小磯様」とだけの宛先で、満州でのいきさつと八郎を預かっている内容の手紙を投函したのだ。

(まさかこのような宛先で届くとは考えられない、届かなければ自分達の子供にしてしまお

う）

ところが数日経ったら突然、母方の祖父母が迎えに来てしまった。

義之の父親はすでに亡くなっていたが、市議会の名誉議長として大秦野では名前が通っていた。修三夫婦にまさかと思っていたことが起きてしまったわけだ。

八郎は最初に、丹沢の麓にある東田原村の父義之の実家に預けられた。薄暗い大きな家の中では祖母がいつも寝ている。伯母は一人忙しそうに動いており、中学校や小学校の年上の従兄達は見知らぬ八郎を相手にしてくれようとはしなかった。

数日すると近所の母の実家から祖母が迎えに来た。その日のうちに五右衛門風呂に入らされる。そして叔父が飼っている鶏を八郎の見ている前で殺して、家族九人が夕食に食べた。八郎は驚くことばかりだ。

食事では味噌汁をこぼして大泣きをした。

母が亡くなる数ヶ月前から食事にも事欠き、ちょっとでも無駄をすれば叱られていた。そのことが反射的に脳裏に浮かんできたのだ。

数日後に強羅の温泉に連れて行かれたが、湯あたりをして温泉の中に沈んだ。引き揚げられて水をかけられた。意識が戻ると皆が覗《のぞ》き込んでいる。

「私が身体を洗っているうちに見えなくなったのでどこかなと思ったら、温泉の中に沈んでいた。血の気が引いたよ」と、祖母がおどおどしながら言った。

これらのことで娘の忘れ形見を祖母は溺愛するようになり、「お父ちゃんとお母ちゃんの所に帰りたい」と訴えても「家はここだ」と答えて、関心を外に向けさせようとした。

祖父は近隣の村で一軒しかない床屋をやっていた。そのために人の出入りが多く、満州から孤児となって帰ってきた八郎を見ようと大勢がやって来る。好奇心に溢れた子供達が家の中を覗《のぞ》きこめば、はじめは隠れていた八郎も、慣れてくると外に出て石を投げて散らすようになった。

いつしか修三父母のことも頭から離れ、母の実家で自由に振る舞うようになった。

お尻がムズムズするので庭でしゃがんだ。すると二十センチほどの回虫が出てきた。

「満州から連れてきた回虫だな、さすがでかい」

叔父は感心しながら見ていた。

クルミの木によじ登る。下を見ると怖くなって泣いた。あわてた叔父は梯子を持ってきて下り方を教え、笑いながら「もう、そんな高くまで登るなよ」と注意した。

八幡神社の境内の大木の間に白い幕が張ってある。村の祭りに映画を映すためで、その前に大勢座っていた。生まれて初めて観た映画は子供が主役のチャンバラ物だった。

半年ほど経つと四歳上の叔母、雪枝を迎えに、源実朝の首塚の前を通って祖母と東小学校に来た。

「八郎、ここがお前の通う小学校だから覚えておくのだぞ。一年後には雪姉ちゃんに連れて行ってもらうのだからな」

その数ヶ月後、父義之がシベリアから帰ってきた。三十七歳である。誰もまさか生きて帰って来るとは思っていないので村中で大騒ぎになった。

義之は捕虜の間、ソ連軍の軍服製造に関わっていた。そのおかげで冬のクラスノヤルスクのマイナス五十度以下になる大地にあまり出ずに済んでいた。とはいえもともと細い身体の上、不足の食料と虱と蚤、夜中の南京虫に悩まされ続けて体力は弱ってきていた。上官の軍医に取り入っていたことと、与えられたノルマをこなしてきたことが幸いして、二度目の帰還対象に選ばれたのだ。

「お前の父ちゃんだよ」

祖母に言われて見た父義之の、シベリア焼けした真っ黒な顔から光る目が八郎は怖かった。満州で留置場の中から凝視された鬼の目を思い出して、外に逃げだした。

義之は満州で稼いだ金を「土地を買うように」と長兄に預けていた。しかし兄はその金を銀行預金にしたままだったために預金封鎖になり、義之は無一文になった。都内に家を建てようとしていた計画は頓挫してしまった。

家督相続していた兄に失った金の一部でも返すように話すと、断られた。

「農地解放で農地のほとんどを小作に渡してしまい、無理だ」

それでも洋服修理の仕事をするときは十万円ほど用意した。

その金から仲川修三に八郎の養育費と治療費、絹子の荼毘《だび》にかかった費用など四万円を渡す。

義之は弟に頼んで東京、世田谷三宿にある弟の家に居候しながら洋服の修理を生業とすることに決める。そうすれば家賃も安く済み、自分が外出している間は自宅で本屋を営んでいた弟の嫁に、息子を預けておけるからだ。

弟は出征したラバウルでマラリヤに侵されて戦争末期に帰還していた。病は何年たっても一進一退の状態で本格的に良くなることはない。体調が良い時は出征する以前に勤めていた煙草の専売公社で働いている。

八郎は母の実家で何度か会ったことのある三軒茶屋に住んでいた叔母の家に引き取られ、翌日には三宿の義之の元に連れて行かれた。

母と死に別れてから一年の間に、見知らぬ大人に引き取られたのは四度目だ。そのたびに八郎は不安と緊張を全身で味わっていた。

自分にいっこうに慣れず、「お婆ちゃんのところに帰りたい」とことあるたびに泣く。そんな八郎と心を繋ごうと、義之は二子玉川の花火大会に連れ出した。しかし息子は花火にも大した関心を寄せず、自分の語り掛けにも答えず泣いている。

シベリアでの二年間、妻と子供との再会を願い続けて義之は労苦に耐えてきていた。しかし帰還すると妻は亡くなっており、三年間一緒だった子供は自分の事を忘れている。そして五ヶ月しか一緒にいなかった修三と、九ヶ月しか育てていない絹子の母親に心が奪われている。

空に舞う花火とその花火に沸く人々の歓声が空しく、義之は自分と子供との絆の薄さに自然と涙が流れた。そんな父を八郎は泣きながら横目で見ていた。

このことがあってから義之は八郎を修三や絹子の実家に二度と連れて行かないことを心に決めるのだった。

その結果、八郎が修三と再開できたのは三十数年後の修三が亡くなる数日前であり、祖父母との再会は二人の葬式の時だった。

三宿に来て数ヶ月すると八郎にも友達ができ、翌年の昭和二十三年に三宿小学校に入学した。八郎は勉強には関心がなく、学校は給食を食べられて友達と遊ぶ場所にすぎない。授業中は六十人以上の級友に埋もれるように寝ることがほとんどだった。

このことを家庭訪問の先生から言われた義之は仕事をしながら息子に勉強を教え、一学期の通信簿は中の上程度に評価されるようになった。また性格欄に「落ち着きがない」と書かれている。このことを義之は八郎に注意するが、八郎には落ち着くということがどういうことなのかわからなかった。身体が自然と動いてしまうのだった。

友達と遊ぶことは楽しかった。路面電車である玉電の線路の上に釘をのせて潰して、それで釘さしを楽しんだ。やがて石が車輪に潰されて飛び散る刺激を求め出した。何度目かに線路の上の石を確かめた運転手は電車を止めて、

「この野郎！」と大声を挙げて追いかけてきた。八郎は路地を逃げた。

「お母ちゃんがいつもやっていることを教えてあげる」

同じクラスで母親が飲み屋の女の子が八郎に言う。

「私も脱ぐから八郎ちゃんも脱いで」

材木で隠れる庭の片隅でパンツを下す。そして八郎のチンコを、

「ここに入れるの」と招いた。

うまくいかないので工夫していると、叔母に見つかった。

「お風呂で教えてあげる」と言う。

風呂屋の男風呂に入るが、大人達がいて何もないままだった。

年下の男の子を棒で殴る三年生がおり、いつも問題を起している厄介者だ。母親が夜遅くまで働いている母子家庭だった。その先輩から八郎が呼ばれて、

「お前の家から金を持って来い」

棒を振りながら命じられた。

八郎は叔母がいないところを見計らって売上金の五百円札を盗んだ。すぐに見つかり父が弁償をする。その先輩は二ヶ月後に溝に嵌《はま》って死んでしまった。

「悪いことをすると罰があたる」ことが本当であることを八郎は知った。

八郎の傍若無人な振る舞いに叔母は困り果てて、泣きながら夫に訴えた。

「もう絶対面倒を見たくないから、一日もはやく家から出て行ってもらって」

このことがあって義之は弟から建築費の一部として百万円を借り、不足分を本家に無心する。しかし一銭も出さなかった。このことを恨んだ義之はやがて再婚するとともに本籍を移すことになった。

僕は誰なのだ、鬼なのか

二年生の春休みに京王線代田橋の大原に移った。三十六坪の借地だ。百万円で建てた十二坪の家は四畳半と三畳、台所、便所、押入れ、井戸だけだった。畳が三畳しかなく、屋根葺きが中途半端のままのために雨漏りがした。

父は狭い庭にサツマイモ、トウモロコシ、トマト、キュウリを植えて生活の足しにする。

八郎は転居した日は床屋に行って丸坊主になっていたので、「禿げ禿げツルッパゲ」と囃《はや》されながら皆の仲間入りをした。

数軒先にお妾さんの家があり、そこの娘が八郎と同じ年だった。お妾さんは八郎のことを頼まれ、義之の帰りが遅い時には自分の家で食事をさせて寝かせていた。八郎は優しいお妾さんに母親同様の親しみを感じ、その娘と仲良しになる。

八郎の家で炬燵《こたつ》に寝転びながら二人で話していると、それを覗《のぞ》いた友達が皆に告げ口をした。

「女とイチャイチャしていた」

そのことがあってから八郎はお妾さんの誘いに応じなくなった。

その代わりにラジオから流れる歌や浪花節、「尋ね人」、街頭での「のど自慢」を聞き、「おらあ、三太だ」や「鐘の鳴る丘」、「笛吹童子」などの物語に胸をときめかせる楽しみを知ることになった。

転校した守山小学校にも慣れ、二時間目が終わると教室で騎馬戦をしてガラスを割ってしまう。八郎一人が両手にバケツを持たされて通路に立たされた。午前の授業が終わって給食時間になっても許されない。友達に教員室に行ってもらうと、先生は八郎のことをとっくに忘れていた。

義之は八郎の扱いが難しかった。八郎も自分のことに気が回らない父親をわざと困らせることもした。雨に降られて身体を濡らしながら学校から帰ってきた。

「学校に迎えにいったほうが良かったな」

義之は八郎を見て言う。すると八郎はそっぽを向きながら返事をした。

「来なくたっていいよ」

（そんなこと言ったって忙しくて来られないじゃないか。運動会も遠足も父兄参観日も一度も来たことがないのに……）

八郎は出来もしない父の言葉に怒ったのだ。

また、たとえ親戚でも見知らぬ人が菓子を与えようとしても八郎は決して受け取らない。どんな子かと話をしても黙っている。

このような息子の態度を観察しながら素直でない子供と映り、修三や祖母から甘やかされたためだと義之は考えていた。

その一方では義之がいない間に家のなかを掃除し、七輪に新聞紙と薪を入れて、その上に研いだ米を入れた釜をのせて寝ている。

八郎にとってはいずれも満州で人攫《さら》いを警戒しながら、働きに出ている母との生活で身に着けていた習慣に過ぎなかった。

義之は仕事でいつも忙しく、そんな息子が不思議とは思いながらも、息子の気持ちを察することも、自分が出征した後の母との生活を聞くこともしなかった。満州で孤独な妻の気持ちを顧みなかった時と変わりない。

そのために八郎が修三に馴染《なじ》んだように義之に馴染《なじ》まないまま、二年が過ぎてしまっていた。

「八郎、お母さんが欲しくないか」

義之が小学校二年生の八郎に尋ねた。突然の質問に返答に窮していると、

「お前が欲しくなければやめるけど……」

八郎には母とは自分が甘えられる優しい女性だった。

「欲しい」

そう答えると義之は安心したように笑顔になった。

八郎に女親が出来れば二人の関係がうまく行くものと、義之は単純に考えていた。

数日後の日曜日、八郎は義之に連れられて新宿御苑に行くと、そこには見知らぬ女の人が待っていた。吊り上った目が八郎をチラチラ見る。怖そうな人だった。

義之はその女性と秋に再婚した。

「新しいお母さんだ。お母さんと呼びなさい」

父から言われるが八郎はその気にならない。

三ヶ月過ぎても「お母さん」と呼ばないことに義之はいら立った。

(早く言わせなければ妻に申し訳ない)

翌年の元日、

「大切なことを話すから、俺の前で正座しなさい」

「今日からお母さんと言わなければ、お父ちゃんが許さない」

（何でお母ちゃんでなくてお母さんなの？）

八郎は不思議に思いながら嫌々従った。

継母になった美津は神田でクリーニング屋を営んでいる二男四女の長女だ。家にはほかに小僧二人と、通い職人が三人いた。そんな家で御嬢さんとして育てられて常磐津と日本舞踊を習い、仕事の休みの時には、着物を着飾って歌舞伎座や新橋演舞場、明治座に芝居見物に行くことを楽しみにしていた。

小さいころから生意気な口を聞くので小僧達にからかわれて育つ。そのために大きくなるとともに、人の話を逆手に取って意地悪をする話し方や人を小馬鹿にする態度が身につき、職人たちに疎まれていた。

二十歳過ぎに母親が急死した。父親は美津を妻代わりに使うようになった。弟と妹たちの面倒を見ながら家事と食事の用意をし、忙しくなれば職人相手に仕事を手伝わなければならない。

やがて家を継ぐ三つ下の長男が近衛連隊に召集され、その二年後に落馬して大腿部を骨折した。除隊して温泉で長期の治療をする間に、弟は築地で営むクリーニング屋に養子に行ってしまった。手助けになる男の子がいなくなった父親は、気が強く頼りがいのある美津を三十歳過ぎになるまで便利に使うことになってしまったのだ。

「長女の美津を嫁がせないと妹達も嫁がせられない」が、婚期を逸してしまったことに加え、美津の性格を知っている人達からは結婚話がこない。こんな状態を父親が本格的に心配し出したところに、義之からの再婚話が入ってきたのである。

義之が生地を買っている羅紗屋《らしゃや》の店主が、勤めている美津の妹との見合いの話を義之にしてきた。その話を聞いた父親は義之の経済状態を知ると、妹に結婚する意志がないことを告げさせた。その上で百五十万円を貸すことを申し出て、美津を嫁にするように打診したのだ。

(本家の兄貴は何もしてくれないが、アカの他人が何処《どこ》の馬の骨ともわからない自分に金を貸してくれる)

(神田で御嬢さんとして育ったのに、貧乏暮らしの上に連れ子がいる自分に嫁いでくれる。ありがたい話で感謝しなければいけない)

義之は喜んで受け入れた。貸してもらった金で畳を入れて屋根を葺き直して店舗を新設し、人生の再出発が果たせる気持ちになった。

しかし結婚数日後には美津と添おうとしない八郎に困惑し、その後ずっと美津に負い目を感じ続けることになるのだった。

美津を「お母さん」と呼ばせるようになった年の四月、八郎が三年生になった。するとその当日に、今度は軍隊口調で八郎に命じた。

「明日からお前を丁稚小僧として扱う。自分の衣服と食器は自分で洗うこと。店の毎朝の掃除と便所掃除はお前の仕事とする」

「親の言うことを聞けるまでスパルタ教育をして、お前の腐った根性を叩き直す」

昨日までそんな様子を見せていない父の変わりように、八郎は何がなんだかわからなかった。継母の方を見るとそっぽを向きながら洋服の仕事をしている。

結婚して六ヶ月間、美津は自分に近づこうとしない八郎を観察していた。

(子供のくせにいつも私の様子や顔色を伺っている。こんな先妻の子と同じ家で生活しなければならないことを思うと、気が狂いそうだ)

生理のときは先妻の子の姿が目に入るだけでも美津はイライラし、泣きながら感情の思うままを義之にぶつけた。

(このままでは八郎によって家のなかはめちゃくちゃにされてしまう。どうしても仲川修三や婆によって我儘《わがまま》になった奴の根性を叩き直さなければならない)

このように思った義之は美津の考えを受け入れた。

(連れ子に丁稚小僧と同じ経験をさせる。そして自分が嫌に感じたことを夫に告げて説教させ

る。自分のうっぷん晴らしと躾《しつけ》の一石二鳥だ)

実家の父親からは美津の性格を心配して、連れ子と添える努力をするように言われている。そのためにいくら毛嫌いしても、直接自分で八郎を苛《いじ》めるわけにいかなかった。

小僧同様の生活は八郎が高校を卒業するまで続き、冬は水仕事であかぎれが絶えなかった。しかしそれ以上の八郎の苦しみは二週間に一度は二時間近くの、時には深夜に叩き起こされて正座をしながら説教をされることだった。

「へそ曲がり」「潔癖」「執念深い」「顔色を伺って、人の心を読む」「落ち着きがない」「根性が腐っている」「お前がそこにいるだけでもイライラする」「人生の落伍者」……。

時には物差しで腿《もも》を叩きながら、時には立ち上がって大声で威嚇しながらの説教が続く。

八郎は自分では親が気に障るようなことをしたとは思っていず、叱られている自分が誰だかわからなくなった。

(僕は誰なのだ、鬼なのか……)

そんなことを考える日々が何年も続くことになった。そしていつも正座で痺《しび》れた足をさすり、説教が早く終わることのみを望んでいた。

「お前の根性が腐っているのは名前が良すぎるからだ。八郎から八朗にしろ」

名前の漢字を変えることを一年以上強制された。

正月になると三人がお膳の前に座る。

「八郎、これがお前のだ」

継母は八郎の前に小磯の本家から送ってきた餅を出した。玄米のまま搗《つ》いた餅のために色が薄茶けて粘りがない。継母と父は白い粘りのある餅を食べる。一年がこんな嫌がらせから始まり出すようになった。

やがて継母が買い物に行っている間に父は煙草を吹かして休み、帰ってくると説教を再び始めるように変わってきた。

こんなことを観察するうちに、

(父は継母の代わりに僕を説教している)ことを悟った。

仕事に対する義之の態度にも問題があった。洋服の修理屋から脱して紳士服を作るテーラーとなったが、値段をあまりにも安くして、仕立て上がりの日を安請け合いし、若い客には月賦払いにする。その上再び服を作ってもらうために最後の一ヶ月分の月賦をまけてしまう。そのために客からは喜ばれて仕事は増えても、家には金が溜まらず貧乏暮らしのままだ。

その結果、義之はいつも忙しく、盆も正月もなく深夜まで働くことになった。美津が苦情を言ってもこのような営業を変えようとしないことが、八郎に美津が執拗にあたる原因にもなっていた。

八郎が四年生になると子供が生まれ、やがて美津の父親が亡くなる。すると八郎を正面から苛めてうっぷん晴らしをするようになった。八郎に質問してそれに答えると反論して、困っている八郎を見てほくそ笑む。先妻の子を相手にして、小僧への意地悪をするのだった。

八郎に嫌悪を感じると、自分の子供を連れて弟が継いでいる実家に帰るようになった。数日すると八郎は義之に謝りに行くように仕向けられ、美津が帰ってくると再び義之の説教が始まるのだ。

八郎が五年生になった。

「今度こそ帰りません」

捨て台詞《せりふ》を残して子供を連れて四度目の出戻りだ。義之は意気消沈した声で、

「お前の母親にはお前を育てなければならない義理があるが、お前さえいなければこの家は安泰なのだ。お前は犠牲という言葉を知っているか？　字引を引いてみろ」

父からこのようにはっきり言われたことで、八郎はこの家での自分の立場を知ることになった。

（僕は邪魔者なのだ。田舎のおばあちゃんか仲川のお父ちゃんのところに帰りたい。でも行き方を知らないし、お金もない）

親戚は義之の家でこのようなことになっていることを知らない。

八郎と一緒に生活し出してから二年近く、義之は八郎が慣れなくて扱いづらいことを親戚に公言していた。

結婚してからはことあるごとに「美津と八郎との関係がとても良い」と言うようになる。美津も家での顔と人に見せる顔を使い分け、親戚に会うたびに八郎と親しげな様子をして見せた。八郎はそんな両親の言葉と態度を観察していた。

また親戚の八郎への言葉は決まっていた。

「良いお母さんで良かったね。お父さんの言うことを良く聞くのだよ」

美津の切り口上な話し方を気にした者は義之の言葉を半信半疑に思い、八郎がぐれることを心配してみる。しかし複雑な人の家のことに口を挟んで嫌がられることもなく、当たらず障らずを決め込んだ。

八郎はそんな親戚に自分のことを話せない。

こんな体験を通じて、自分が籠の鳥にされて苛められていることも知るようになった。

(一日も早く家を出たい。けれどまだ働けない。中学校を卒業するまでは我慢をしなければ……)

こんな思いを募らせながら、八郎はご主人様と奥様のご機嫌を損なわないように敬語を使うように心掛けて、言葉数を少なくした。

2章　自分を探し求めて

様々な人との出会い

自転車に乗りながら動きだそうとするトラックの後ろにつかまる。トラックが走り出すと八郎は自転車とともに転んで、鼻の下を切り大傷を負った。怪我した部分を隠したまま家に帰ると、継母はそれをちらっと見るが知らないふりをした。

翌日の朝、腫れ上がった顔を見た父が「急いで病院に行け」と命じる。「すぐに来ればたいしたことがなかったのに」と、医者は八郎を責めるように言った。その傷は消えないまま生涯残ることになった。

学校では児童が多くなるばっかりで、五年生になると教室にあふれるようになり、午前と午後の授業に振り分けられる。しばらくすると代田小学校が建設されて、そこに通う友達と握手して別れた。

勉強は相変わらずだった。父は試験が迫ると「少しは気を入れて勉強しろ」と言うが、八郎にはそんな気持ちにはなれない。ある日、学校で知能テストが行われて、クラスで一番勉強の出来る友達と同じ点数を取った。このことがあってから八郎は本を良く読むようになる。図書室で読んだ「義経物語」や「源平盛衰記」などよりは、叔父からもらった「噫無情《ああむじょう》」を読んで、様々な出来事に巻き込まれながら生きるジャン・バルジャンに心ときめかすのだった。

「お前、近頃俺の言ってきたことを解ってきたようだな」

と六年生になると父は言い、一ヶ月に一度程度に説教が減ってきていた。息子の気遣いによって美津のご機嫌を損なうことが少なくなったことを義之は喜んでいたのだ。

しかし美津の方は二歳になる自分の子供に注意が注がれていたので、先妻の子供への関心が薄れていたのにすぎない。そのことを察していた八郎は親がいつ爆発するかわからないので、安心することは出来なかった。

継母がいないある日、父は煙草を吸いながら得意げに言う。

「小磯家は坂東武者で、藤原秀郷の流れを汲む由緒ある家柄だ。家訓は『義を見てせざるは勇なきなり』『武士は食わねど高楊枝』だ」

「古代から中世にかけて相模、武蔵野台地で一番開けたのは神奈川県の秦野で、最初は大陸から帰化した秦氏が支配し、やがて藤原秀郷、俗名田原俵太が支配していた。秀郷はその地を皇室に献上し、同族の波多野を田原に住まわせて地頭に据えた。

波多野家の起こりは父親が天押日命《あめのおしひのみこと》佐伯、母親は天児屋命《あめのこやねのみこと》中臣別称藤原で、いずれも祭神だ。波多野一族は天皇家を支える地位である従五位下を与えられ、源、北条、足利の御家人として丹波、出雲、伊勢などの守護をしていた。十三世紀初頭には遠戚にあたる源実朝の首を引き取って、田原に埋葬している」

「波多野義秀が小磯の地を支配することで小磯八郎を名乗って小磯姓が出てきた。その地にある高麗《こま》神社は七世紀に高麗から八百人を連れてきた若光王を祭っていたが、鎌倉幕府になった頃から天皇家である源氏と天児屋命、天押日命に関わる神皇産霊神《かみむすびのかみ》、瓊瓊杵尊《ににぎのみこと》、神武皇后、応神天皇の四神を祭っており、小磯は神官で律師となった。家紋は丸に伊勢神宮と同じ三つ柏だ。

江戸時代の参勤交代の時まで大名達は必ず神社にお参りをしなければ、通行出来なかった。

その後、小磯は東西交通の要である遠江守になったり、頼朝の後胤で鎌倉幕府の御家人結城、別称小山朝光の養子に入り、白河を根城にして秋田など陸奥の地頭として散らばってもいる。

しかし応仁の乱期以降の戦いで小磯家は滅亡し、一部が生き残って現在に至った。波多野家も織田に敗れて滅亡した」

（父が「名前を八郎から八朗に変えろ」と言ったわけはこのことだったのか）

八郎は自分の名前が小磯姓の最初の人と同じであることに驚くのだった。

学校で先生が贔屓《ひいき》にしている友達は、家庭教師を雇ったり学習塾で受験勉強をしていた。親が大学教授の女の子は御茶ノ水付属に、佐々木信綱を親族に持つ坊ちゃん刈りで半ズボンの腕時計をした友人は慶応に決まり、親が会社を経営している友は明治に入学した。運動も勉強もクラスで一番出来る友達は兄弟が多くて貧しい家のために、八郎と同じ区立の北沢中学校に進学する。

極貧の母子家庭の女の子がいた。着る物が汚れていて休むことが多かったので、同級の皆はその女の子を嫌っている。満州で着た切り雀だった八郎は差別する気持ちがなく、通学帰りに先生から頼まれて時折バラックの家に行くことがあった。中学校に行っても蒲鉾《かまぼこ》兵舎に父親と二人で住んでいる男の子の家に、先生から頼まれ物を持って行く。

「人間らしい人間」という活字が図書館で目に入ってきた。人間の素晴らしさを書いたその本を読みながら、八郎は「人間らしい人間」になりたいと思った。卒業文集にこの言葉を書いて、昭和二十九年に中学校に進学した。

中学校に入ると様々なことが八郎の周りで起きた。キャデラックで通学する友、教科書しか持ってこないで野球ばかりしている秀才、先生を吊し上げる生徒会長、晒《さらし》に短刀を忍ばせて持っている友、恋愛に燃え上がり勉強が出来なくなった友、同級の女子に子供を妊娠させた友、貧乏で鉛筆や消しゴムを買えない友、体操の時間中に友人達の金を盗んだ友、母子家庭で家事をしながら弟の面倒を見ている女子……。

原爆でケロイド状になった顔で国語を教える女の先生、教室で煙草を吸いながら「俺は大陸でチャンコロを殺してきた。殺し方を教える」と言って、木刀を斜めから振り下げる体操の先生、赴任してきた新人の先生に片思いの先生……。

身近な人達が悩みや苦労、様々な思いを持って毎日を生きていることを知って、自分だけが悩んでいるのではないと八郎は心が安らいだ。

本を読むことでも様々なことを知ることとなる。『オール読売』の回し読みで男女の関わりと性を、リーダーズダイジェストで世界の出来事をはじめて知る。また森鷗外の「阿部一族」や大仏次郎の「乞食大将」を読んで、

「武士はいつも死を覚悟しながら生きる」ことが求められていることを知る。

八郎は日記を書くようになった。書きながら鬱憤《うっぷん》を晴らすとともに「親達にどのような態度で接すれば、叱られないか」を考え巡らした。ある日、学校から帰ると美津が、

「日記を読んだから」

と、緊張した顔をしながら苦笑いを見せた。どんな意地悪が待っているかと心配したが、何事もなかった。

父の説教も数ヶ月に一度と少なくなってきた。住み込み職人を使うようになったことで美津が自制するようになったことが、大きな理由に挙げられる。しかし三年生から続いている店の雑巾がけや掃除、自分の衣類や食器洗いだけでなく、学校から帰ると釦《ぼたん》穴作りと釦《ぼたん》付け、白も取りなどの手伝いが毎日待つようになった。バスケットのクラブ活動も、先生から依頼された補修授業の手伝いも、友達との放課後の付き合いも無理だ。

夏休みには美津の実家でクリーニングの手伝いをさせられ、また塾の夏季講座に通わせられた。八郎が家にいることで生じる美津のヒステリーを避ける、心を閉じている八郎を美津の実家の人達に観察してもらう、勉強にやる気を見せない八郎に刺激を与えるなど、義之の一石三鳥の策だった。

八郎はいつも成績を口にする友達と話すことが煩わしかった。大人に反抗する友達やぐれた友達との付き合いが自分には合っていた。

(一日も早く家から出て働きたい)

三年生になると就職を希望する。生徒会長をした文武両道の友も、自分の意志に関わらず就職しなければならなかった。

電話機を造るプラスチック工場に見学に行くと、工場内部は鼻につく臭いで充満していた。

(こんなところで働かなければならないか……)

就職を希望した八郎の家の様子を先生が調べに来た。先生は学区内で東大に進学する生徒の一番多い都立高校への受験を八郎に薦めていたのだ。父は言う。

「家が貧しいから就職を考えたのだろうが、高校までなら出せる」

高校に入らないと良い就職口がないと分かった八郎は、一ランク落とした都立高校を受験することに決める。

昭和三十二年に「誠之」を校訓とする千歳高校に入学する。

「中庸の『之を誠とするは人の道なり』は言行一致、己の信じる道を揺るぐことなく進むことだ」と、入学式に校長が誠之の意味を話した。その数ヶ月後、図書館にあった王陽明の本で「知行合一、真に物事を知るためには必ず実行を伴わなければ無理だ。知と行とは表裏一体なのである」

「人は実際に起こっている出来事に関わることを通じて自己を磨くべきだ。そうすることで人としての心が確立する」と説いていることを知り、八郎は哲学や思想に関心を持つようになった。

旧制中学だったために男だけのクラスが半数あり、先生たちも東大や東京教育大など国立出身者で占めていた。進学する大学は早稲田と慶応が各々五十人、東大五人、国立が五十人というところだ。就職する男は五人に過ぎない。

ここでも多様な人と交わることになった。

三井三池の炭鉱闘争に支援に出かけたまま学校に戻らない先輩、アメリカの市民権を得るために卒業するとアメリカの軍隊に入った者、この様な先輩がいた。

「俺は明治の仏文だから」と、受験勉強をしない友の家でベートーベンの「運命」と「英雄」の交響楽を聴き、トスカニーニ、フルトブェングラー、カラヤンなど指揮者によって雰囲気が全然違うことを教わった。別世界に入ったようだった。

高校・店の前

昼休み時間に図書館に入ると若い男性がいつも受付にいる。八郎が富士銀行に就職してからわかったことだが、その男性は一年先輩で、戦地で父を東京大空襲で祖母と母、兄弟を失い、妹と自分が叔父に養われていた。そのために高校で働かせてもらいながら勉強をしており、現役で東大に受かったが富士銀行に就職したのだった。

その一方で高校生でありながら、共産

党の青年組織である民青（民主青年同盟）に加入していた人達の多くは入学金と授業料の高い早稲田大学に入学していた。八郎には、頭でっかちで苦労知らずのお坊ちゃんやお嬢ちゃんに過ぎなかった。

授業中に社会の先生が教師を評価する勤務評定に反対する話をすると、クラスの三人の民青が声高に演説して署名に賛同するように言う。八郎は「チャンコロの殺し方」を教えた中学校の先生の話をして、勤務評定に賛成の論を張った。すると誰も反論することが出来ず、先生は悔しさの為か涙をハンカチで拭っていた。

「治安維持法で二度豚箱に入れられた」と東京帝大の学生だった当時の体験談を話す先生は、「社会に出たら宴会で役立つから」と生徒に古文の暗記をさせ、飽きるとエロ話をしていた。

三十年以上イギリスにいたために日本語がおぼつかない、真っ赤なチョッキを着て緑と桃色の縞模様の幅広いネクタイを締めた英語の老先生、生徒にマイナス点を付けて喜んでいた物理の先生、余分な話もせずに授業を淡々と進ませて群馬大学の助教授になった数学の先生がいた。

八郎が好きになった授業は世界史と幾何、積分だった。日本史が狭い世界の物語なのに世界史は地球上のあらゆる場所で、同時にさまざまな出来事が起きている。このことに夢があった。幾何と積分では動きや容積を数値化できることに感動を覚えたのだった。

父義之や継母から長年に言われ続けたことが、八郎が物事を様々な面から考える素地となっていた。自分にはわからない自分の性格と言動を考え、美津の質問に答えるとその答えを逆手にとってまた質問してくる、これらが八郎を鍛えた。

実存主義に救われ

家では弟が大きくなるにつれて、収入がいっこうに増えない生活の不満を美津は義之に容赦なくぶつけていた。八郎に対する不機嫌な感情を訴えても義之は八郎を叱ろうとしなくなり、美津は自分で意地悪をするようになる。

高校の三年間、美津が作る八郎のための昼食はパンにピーナッツ・バター、バター、海苔弁の決まった順番だった。恥ずかしくて教室では食べられず、外で木に登って食べる。

家での仕事が待っているために授業が終わるといつも早く帰らなければならない。そのために親に隠して文芸部に入っていたが、部会に出られることがめったになかった。

その文芸部では八郎が入る一年前に先輩の女性二人が人生を悲観して自殺していた。ロシア文学の翻訳者阿部六郎の娘である先輩女性と、考えさせる内容の文章をいつも書く後輩の女性に出会って、知性ある女性の素晴らしさを知った。

八郎も幾つかの作品を書いた。不倫小説を書くと女子高から数人が会いにきた。懸賞論文でニヒルな論文を書くと、

「『予選を通過した』と旺文社から言ってきたが、君の考え方が心配だ」と先生から質問を受けた。

学園祭の歌の依頼が文芸部に来た。八郎の作詞した詩が歌となってスピーカーで流れる。早稲田に行っていた文芸部のOBが合評会に出て来て、八郎の作品を容赦なく批判した。はじめて出会ったばかりの先輩から人格まで貶《おとし》められ、怒りの涙が止まらなかった。その人は牧場主の息子で共産党員だったが、大学を卒業してマスコミに就職するとすぐに転向した。弟のように可愛がってくれたニヒリストの先輩が卒業直前に先生を殴った。そのために高校を停学になり、やくざの道に入る。母子家庭だった。

八郎が家から早く出たい事情を話したことで、一人の先輩がニヒリズムと実存主義の本を読むように教えてくれた。その先輩も親との問題でいつも悩んでいた。卒業すると都庁に就職し、八郎にも都庁に入って同居しようと誘ってくれていた。

自分が生きてきた道とかけ離れた作家達の生き方を感じて、長塚節の「土」以外の近代日本文学には八郎の心は動かなかった。

ところがロシアの作家、ショーロホフの「静かなるドン」を読んでスケールの大きさに胸が高鳴り、生き生きと描かれている中国の性物語「金瓶梅」を読んで惹かれ、チェコの小説「二等兵シュベイク」で大笑いした。大きく広い世界に心が洗われるようだった。

三年になって大学受験の勉強をしない分、図書館で自由に実存主義とニヒリズムの本を読むことが出来た。読めば読むほどのめりこんだ。キェルケゴールの「死に至る病」、ニーチェの「ツァラトゥストラかく語りき」、カフカの「変身」、ドストエフスキーの「地下生活者の手記」、カミュの「異邦人」、ショーペンハウエル、ヤスパース……。

「自分の意志で自分が生きているのではない。自分自身ではわからないまま生かされており、虚しい存在なのである。その虚しさを自覚しながら、神のいない不安と絶望の渦巻く限られた人生を、自分で意義を求めて生きる。このことが人間にとって重要なのだ」

実存主義はこのような趣旨の考え方だと理解した。そして自分の抱えている親との葛藤を頭に置きながら考えた。

（生かされてきた自分は自分ではどういう者かわからない。自分をわかるのは自分以外に存在する者ならば、父の説教の意味が自分にわからないのは当然だ。しかし父から説教された自分の欠点さえ父と継母の思いであって、それさえも本当かどうかもわからないはずだ。

学校の先輩や友達、先生から親と同じ指摘を一度も受けたことがない。

自分が生きていることは確かだがいつも風に揺らぐ葦のように虚しく、自分の思うようにはいかない存在だ。だからと言って取り立てて騒ぎ立てることもない。このことを自覚して、常に自分のことを省みながら自分で考え行動する。それでも不確かな存在だが、自分にとってこ

れ以上の生きる指針となるものはない）

実存主義を学んだことによって、自分の現存在と生きるべき方向が八郎には見え出し、十年近く続いていた親の精神的な束縛から解き放たれる準備が整ったのである。

高校三年の十二月に入った。図書館の窓際の長椅子に座って「ツァラトゥストラかく語き」を読んでいた。暖かな日差しを身体いっぱいに受けながら、ふと太陽の光を見る。すると紫の炎が燃え上がって紫煙の中に吸い込まれる気持ちになる。椅子の上に横になると意識を失った。

意識を戻す。身体を起して周りを見渡すと何も変わっていない。頭の中が虚ろになり頭痛がした。

（どうしたのだろう……。紫の炎と紫煙は母が茶毘《だび》に付されている時に仲川の父さんの背中で見たのと同じだ……）

修三の背中で涙が止めどなく落ちる亡き母との寂しく悲しい別れ、その光景がまざまざと浮かぶ。

（人から人に引き取られながら十五年間を生きてこられたのも、紫煙の中の亡き母に守られ、導かれて来たからではないか……）

こんな思いに浸った。

「富士銀行は戦前の安田財閥で、一番大きな銀行だ。自由闊達と実力主義を売り物にしている。夜学も認めているから君の希望に合っている」と、就職担当の先生から言われた。

八郎は一日も早く親から離れて心穏やかな生活を送ることを心から望んでいる。そのことを実現するのに相応しい知性と良識のある人々が働く安定した職種だ。言われるままに銀行の試験を受けた。

先輩の待つ都庁にも受かったが、

「富士銀行の就職を辞めたらまずい。来年から就職依頼が来なくなる」

との先生からの言葉で都庁を辞退し、昭和三十五年に八郎は富士銀行に入行した。

自分に自信を持つ

学生服で坊主頭のまま八郎は中野支店に配属された。そこは自分のイメージとは程遠い喧騒な職場だった。窓口での客とのやりとり、電話の話し声、行員同士の仕事の話、機械の作動する音、算盤をはじく音、人の急ぐ気配……。それらすべてが入り混じった工場のような雰囲気が、八郎には神聖なものに思われ、張りつめた大人の世界を感じる。

配属されたのは出納係だった。七人が働いている柵の中に足を踏み入れてびっくりする。床一面に見たことのない大量の百円札や十円玉の袋が隙間もなく置かれていた。先輩達はそのお金を跨いだり靴の先で動かしながら移動している。それだけではない。机の上に山と積まれた百円札を無頓着に数えている。でもよく見ると札の裏表をそろえたり綺麗に伸ばしたり古い札をはじいていた。

(自分には出来ない)

その早さに八郎はその場から逃げたくなった。

「君は硬貨巻きの主任だ。そこにある二台の機械を使って硬貨を巻いてもらう。そのための硬貨が五十枚入る紙筒も作ってもらう」

出納の主任から言われ、覚悟を決めなければならなかった。

言われた通りに機械を操作したと思ったのにもかかわらず、十円玉が絶え間なく機械から落ち続けて床いっぱいに散らばってしまった。早々の失敗に顔面が蒼白になったが、床に這いつくばって懸命に拾った。しかし最後の一枚がどうしても見つからず、半分泣き面になる。すると先輩の女性が捜してくれ、にこにこしながら手渡してくれた。

五時を過ぎると硬貨の入った麻袋四本、重さにすると七十五キロを両手に下げ、身長一メートル七十センチ、体重四十七キロの八郎が、ふらふらしながら何度も二十メートル以上離れた金庫にしまい込む。続いて百円札の大束十万円を二十個、両手で抱えて金庫に数往復した。

仕事が終わると新入行員歓迎会がおこなわれた。挨拶や歌が求められたが支離滅裂で、その場にいる自分を自覚することが出来なかった。酒も飲めず固くなっている八郎を先輩達が何とか寛がせようとする。疲れ切った一日だった。

数日して支店長から印鑑を持ってくるように言われた。

「小磯君、給料だよ。印鑑を貸して」

八郎は驚いた。働くどころか迷惑ばかりかけている。

「私、働いていませんからいりません」

支店長は予期しない返答を受け、八郎をしげしげと見てから、

「いいのだよ」

それでも渋っている八郎に、

「銀行というところは先に給料を出すところなのだ。これから一ヶ月、一生懸命に働いてくれればいい」

半信半疑だったが、八郎は初めての給料を手にした。給料袋の中には七千円余りが入っていた。生まれて初めてもらった大金である。胸がわくわくしてしかたがなかった。家に食事代を入れると、東京教育大の山岳部に入っていた友人と共に登山靴やザックなど登山用具一式買い、喫茶店に入った。

家では丁稚小僧の仕事から解放され、家に帰るのが遅いことが幸いしてトラブルがなくなっ

た。

職場の先輩達は優しく、八郎の至らないところを助けてくれる。親と親戚を通じて身に沁みこんでいた大人に対する疑心暗鬼な気持ちが次第に解け、「落伍者」のレッテルと社会の大人達に思われる自分とは、正反対であることを次第に知る。

一ヶ月が過ぎようとしていたある日、客からの電話を初めて取る。一通り話を終えると支店長に電話を繋げるように言われた。八郎は受話器を手にしながら大分離れている場所にいる支店長に、

「支店長、お電話です」

大声をあげると、店の中の人々が一斉に八郎を見た。

「おう！」

支店長は自分の席に戻ると、電話を取り上げる。

主任が赤面しながら八郎に注意した。

「受話器を机に置いたって電話は切れないのだよ。突然大声を上げなくたって、支店長の所に行って言えばいい。支店長が驚くじゃないか」

「おう！」なんて支店長が返事をすることは耳慣れないことのようだ。電話をめったに手にしたことのない八郎には瞬間の判断が出来なかったのだ。

「小磯君の声はでかいなあ。なかなか元気があっていいぞ」

主任から小言を食っているところに支店長が来て励ましてくれた。

自分の性格がきわめてせっかちであることが自覚できたのは銀行に入ってからである。同期の女性がすでに札勘定が任されているのに、いくら数えても八郎は枚数が同じにならない。頭の中で数える枚数と手の動きが合わないのだ。一年後に定期預金に係替えになると今度は算盤で四苦八苦して仕事が進まない。

（人並以上の努力をしないと先輩達に迷惑をかけ続ける）

八郎は昼休み時間に銀行業の法律的な背景を書いた「準則集」を読んだ。

また牛乳瓶で右手の人差し指を切り五針縫う怪我をした時も、休まず左手で仕事をした。

そんな八郎が支店長の目にひたむきに映ったのであろう、ある日に支店長室に呼ばれる。

「旧制中学や新制高校を卒業して支店長になっているのは、私を含めて現在七人しかいない。君もきっと支店長になれるから頑張りなさい。私に出来ることがあったら言いなさい」

その後、為替業務のオンライン化のためテレタイプの本店研修を受けた。ほとんどの人が為替係から研修に来ていたが、八郎は為替そのものがわからずに習得の試験は散々だった。

このような失敗と夜学に通う希望もあって、三年目に中野区役所の派出業務に係替えとなった。仕事は税金の収納と還付金の支払い、役所の人々の給料支払いと預金で、初めての接客だった。税金を納める人の気持ちになり、区役所の気さくな人達との交流を楽しみながら仕事をし続けた。一年後に出納課長から言われた。

「小磯君にはよくやってもらっている。区民からの評判が良く税収も上がった。役所として顕彰したいと思ったが前例がない。そのために担当役員に君の仕事ぶりを報告しておいた」

数日後に公務担当役員が八郎の仕事ぶりを観察に来る。その後、区役所からの依頼で係替えがその後一年半延ばされた。

銀行に入った当時、日本中が安保条約反対運動で沸き上がっていた。明治大学の仏文に進んだ友人が全学連の国会包囲の先頭グループの中にいて、警察の放水車で水まみれになっている。その友から歴史的な安保闘争に参加するように八郎は誘われた。

日曜日、友人と数寄屋橋から、争議中の三井三池の炭鉱労働者が座り込んでいる場所を通って、デモで混雑する街頭を縫って国会近くまで歩いた。旗や横断幕を見ると日本全国から来ており、八郎は興奮した。

続いて全学連中央執行委員会に傍聴に行った。五百円を払って入ると、新聞やテレビを賑わしている北小路敏などが動員を巡って激論を交わしており、日本が今まさに変わるのではないかと思えた。

ところが月曜日に銀行に出勤すると職場の中は安保闘争とはまったく関わりのない世界で、

不思議な思いを抱いた。

出納の主任は従業員組合青婦人部を創設した初代委員長で、出世街道から外れていた。その先輩から「参加するのが義務だから」と強く言われて、青婦人部活動に不承不承参加していた。そんな八郎に部長の役が回ってきた。

「与えられた役割の責任は果たさなければならない。この一年間、何をするか」を考え巡らす。両親には「へそ曲がりな子供」と映り、煩わしいことだったのだろうが、八郎には人と違う独自的なことをしないと自分が存在する証にはならない。その性格は社会人になっても変わることがなかった。

支店に様々な同好会がありながら女性同士の意志疎通の場がないことを、不思議に感じていたので、

「女性の会を作ったらどうだろう」

と副部長の女性に提案した。

初めての女性の集まりには八郎が呼ばれる。すると、

「女性だけが集まる会はほかの支店でも聞いたことがないわよ。画期的」

と、会長になった年長の先輩から言われ、続いて、

「今しがた、女性による男性人気投票をしたら小磯さんの投票数が一番だった。おめでとう」

と言われて、八郎はあまりの突然の話に驚いた。

「小磯さんは明るくて面白いし素直だから、傍にいると嫌なことを忘れるのよ」

(自分が意識することなく言ったり行っていたことが女性達からこのように思われている)

このことで、親に言われていた自分とはまったく違う性格の自分がいることを、はっきりと知ることが出来たのである。

率先垂範の活動が皆から喜ばれて部長を一年半続けると、次に組合の役員に推薦された。

任期中にいくつかの出来事が起きる。

仕事中に店舗改造工事がおこなわれたために、コンクリート粉が店内に舞い上がって空気が白く濁り、机の上には粉が蓄積し出す。後輩が喉を傷めて声が出なくなり、地方に転勤した後に退職する事態になった。組合の要請で銀行はマスクと腕カバーを全員に配る。

メーデーの歴史の勉強会で草創期の日本の労働組合運動について学んだ。このような勉強会は組合として初めてだった。

「労働者は身を律して品位を高め、誇り高く勇気を持ち、正々堂々と生きるべきだ。労働者の自立なくしては労働組合運動の発展はない」

明治の時代にアメリカで働いて、日本に帰ってから労働組合を作った高野房太郎や靴工の城常太郎、洋服職人の沢田半之助など先人達の考えと勇気が武士道に似ていて、八郎は感動した。

支店でメーデー参加希望者を集うと、組合員五十人の内十五人も出た。支店長と話し合って業務にさしつかえないようにと六人が参加したが、支店の中では最大人数となった。

その功績もあってか、八郎はデモの先頭でマイクを持ってシュプレヒコールを叫ばされた。人事部から仕事に対する心構えや考え方の無記名アンケートが来た。無記名にも関わらず副支店長が記名を命じた。組合執行部に問い合わせて撤回させて、全員を前に副支店長に謝罪させる。

このような活動をしていた八郎に組合執行部の人から、

「一緒に組合活動をしないか」

と声が掛かってきた。

頭取や役員、支店長には組合執行部出身の人達が多数おり、八郎に出世コースを用意してくれたのだ。同じ高校を卒業して大学から富士銀行に入った先輩達も執行部から役員に出世していたが、八郎には関心がなかった。

（銀行には優等生ばかりが集まって、仕事や運動もそつなくこなす。それに比べて自分は仕事でへまばかりしているし、運動だって登山しか出来ない。でも、そんな自分が先輩達から声を掛けられる……）

次第に八郎は自分に自信を持つようになった。

中野支店では恋が四組実っていた。八郎は一年先輩の女性を好きになり打ち明けた。その女性は驚きながらも拒否をするわけでもない。二人で井の頭公園を歩いているところを支店の女性が見て、店中に噂が広がった。女性は困った様子を見せ始め、同期の男性と以前から隠れて付き合っていることを言ってきた。八郎は驚いてしまった。

（何ですぐに言ってくれなかったのだ、先輩の男性もなぜ黙っていたのだ、女性は両天秤を掛けていたのか？）

八郎は不意の失恋と裏切りに心を傷つけられた。このことがあってから女性と恋愛感情になることや自分の意志を正直に言わない人との付き合いを、避けるようになった。

（自分の本当の気持ちを隠して、駆け引きしながら付き合わされるのは懲り懲りだ。人の気持ちを察して自分の意志や考えを知らせる。自分の良いことと悪いことを極力ありのまま表に出して、自分という人間を理解してもらう。こうすることが誤解を招かないで人間関係を良くする）

高校に入ると自分の生い立ちや家での苦しさを友達や先輩に話すことで、自分の気持ちを軽くし、心を通わせる友人を作っていた。この体験を振り返った。

生きる価値とは

入行してすぐから実務と業務知識の勉強をしなければならなかったが、経済や法律、社会の基礎的な知識がないことを痛感する。また調査部発行の月刊誌を読んで「いずれこのような仕事に携われれば」と思い、毎年の転勤希望先に調査部と書いていた。

社会や経済などを多面的に知りたいと思い、富士銀行に入った高校の先輩が通っていた法政大学の社会学部応用経済学科に入学する。

支店の先輩女性も法政大学で山岳部の岩登りに明け暮れていた。ほかには男性の先輩達四人が向学心と共に、出世に有利になることを考えて中央大学法学部の夜学に通っていた。

仕事を終わって大学に着くのは夜八時ごろだった。様々な苦労を背負いながらも向学心を絶やさない若者達が日本中から来ていることを知った。

その一方で授業料や生活の苦労のない昼間部の共産主義分派同士が、夜になっても鉄パイプで殴り合っている。

クラブ活動は心理学研究会で社会心理を学ぶ。夜間の心理学研究会には昼間部の学生や他の大学の学生、高校教員、研究者が混じって参加していた。そのわけは唯物心理学者パブロフの条件反射について、日本に紹介した乾孝教授が指導していたからだった。

白水社文庫クセジュから翻訳出版しているフランスの心理学者フィルーの「パーソナリ

ティー」の学習で、弁証法的唯物論の心理学について知った。

「人間は社会的存在である。他の人に投影された自分を見ることで自己認識でき、所属する環境に規制されながらも、その環境への改革の働きかけを通じて自己変革してゆく」

八郎には高校時代に学んだ実存主義の考え方を補うように思えた。

つぎにエンゲルスの「自然弁証法」を手に取る。

「量的な蓄積が質的な転化を呼ぶ。光と影、生と死など対立するものが対となって存在する。否定されたことを再び否定する。これらが自然と人間社会の歴史的な発展を促す三つの法則である」

（自分が周りに積極的に働き掛けることで、自分の性格や行動、考え方が人々に影響を与える。その人々の反応を通じて自分の長所や短所を認識できる。次には自分の長所を活かしながら短所を補い、再び環境に働きかける。この過程を自覚的に進めることで、人は自らを社会的に有用な人間に自己変革することが可能となる。……生きる価値とはこのようなことを言うのだろう）

弁証法的唯物論が八郎の頭の中で常に蠢《うごめ》くようになった。

続いてエンゲルスの「空想から科学へ」「フォイエルバッハ論」「反デューリング論」、マルクスの「共産党宣言」、「賃金、価格、利潤」、「資本論」を手に取った。

レーニンの本は「アカハタ」や共産主義分派達の檄文と同じく、自分と自分の組織が絶対的な存在であり、それ以外を罵倒する文章に嫌気がさす。

（なぜ敵愾心を煽る言葉を使わないと人の心を動かせず、社会変革ができないのか。こんなやり方をして社会変革が出来ても物事を敵対的に考え、激しやすい人間に自己変革した者が権力を握ることになる。そんな社会がうまくいくのか）

教条的にしか唯物論や社会を見ることが出来ないことに、八郎は疑問を持った。

大学にはマルクス主義で著名な教授が多くいた。労働者階級のほかに中産階級が増えることで経済と社会革命が連動しないことを分析した宇野弘蔵、戦前は共産党幹部だった逸見重雄の世界経済論、社会学者の本多喜代治などから学ぶ。

戦前に唯物論研究会を立ち上げた戸坂潤を継承し、事務労働、頭脳労働論についての第一人者だった、三十歳少々過ぎの新進気鋭の助教授芝田進午の「精神労働論」ゼミに加わった。

しかし、八郎が八時近くに大学に着いてもゼミの時間が終了近くのために、二、三度しか出席できなかった。それでも芝田先生は、原稿用紙二百枚に書いた「富士銀行における労働条件と職場環境」と題する卒論を読んで「優」をくれ、

「雑誌に掲載したいから五十枚程度に書き直しなさい」

「君は銀行労働の理論家になったら良い」と餞《はなむけ》の言葉をくれた。

忙しくなった組合活動と北海道への転勤のために原稿の書き直しは果せなかったが、十五年以上経ってから広島大学教授になった先生と偶然再会することになる。

銀行の民青に誘われて断るのに困っていた先輩が、八郎が唯物論を学んでいることを喋って、民青が八郎に会いたいと言ってきた。好奇心で会う。

その場に行くと男数人でレーニンの「国家と革命」を読んでいた。あとは各々感想を語るだけで内容を深めるわけでも反論するわけでもない。終わると互いの支店の話をした。職場の人々とともに何かをする話ではなく、観察者のような語らいだった。やがて八郎が自分の支店での組合活動や大学での勉強について話すと強い関心を寄せ、八郎がたいしたことではないと思っていることでも次々と質問をして、「すごいな」と感動する。それまで仲間内で話しているしんみりした雰囲気が、明るく変わる。そんな様子を見ながら

(自分とも違うし支店の人達とも違う。高校や大学の友達と似た雰囲気だ)と、八郎は感じた。

次回の集まりにも行った。話をしてゆくうちに職場の人達との違いがわかってきた。大卒や高卒に関わらず富士銀行に就職している男性達の多くは競争を勝ち抜いてきた者だ。彼らはエリート意識や出世意欲、上司に対する忠誠心が行動になって表れ、自分の弱みをなるべく人に見せようとはしない。

しかし民青の人達は進学高校を卒業した者が多く、就職のための競争をしていない。自分の

悩みを口に出すことも厭わなければ、素直に感情を表す。競争を勝ち抜いてきた者の醸し出す雰囲気と違うのはごく自然のことなのだ。

八郎は仕事、組合、大学、心理学研究会などの忙しさを理由に民青の誘いを断り、彼らと疎遠になった。

その後一年ぐらい経ってから民青の集まりで知り合った塩田から電話が掛かってきた。会うとすぐに、

「僕は共産党員だ。入党して一緒に活動しないか」

と言った。

日本一の銀行にも共産党員がいることと、自分に誘いが掛かったことに驚いた八郎は、

「唯物論を学んでいても共産党に入ることにはならない」

と、話を聞く間もなく断った。

塩田は自分がどうして共産党に入ったのかを話してきた。

実力主義を謳っている富士銀行に就職しても、やがては同じ高校から大学に進学した友達の下で働かなければならない。塩田はこの屈辱を味わって入党したのだった。

八郎も四十歳代の後半に入ると、慶応大学を卒業した高校の時の友人が役員、その後は地方銀行の副頭取となるが、自分は平行員のままという体験をすることになる。

「成績優秀で人格温厚、思想が穏健」の人材を採用しても、銀行自身が四年間の学歴と学閥差別の人材登用をすることによって、「アカ」を作っていることを知った。

このことがあってから自分が生まれた満州が中国共産党の支配下に入っていることに興味を持ち、エドガー・スノーの「中国の赤い星」や劉少奇の「共産党員の修養を論ず」、毛沢東の「実践論、矛盾論」の本を読むようになる。

またフランスの実存主義者サルトルの「存在と無」を読んで、

「人間の本質は存在しない。その人が自ら選択した行為によってその人が定義される、自己の可能性を創造する存在だ」と、人道主義を求めて共産主義者となる道を選んだことを知った。

六ヶ月後、塩田は二宮と連れ立って八郎の前に現れた。二人の入党工作が三ヶ月近く執拗に続いた。塩田は話し方が穏やかで八郎の疑問を解くように進め、二宮は確信的な口調で八郎を自分のペースに乗せるように話す。対照的な二人は親しい同志だった。

レーニンや「アカハタ」、中核派などの過激派の激した論調に疑問を挟むと、

「労働現場ではあのような教条的な主張では通用しない。働く人々から学ぼうとする姿勢が大切だ」

と二人とも同感した。

「歴史の進歩、搾取のない各人の能力が花開く社会建設のために同志になって共に手を携えよ

う」の誘いと、先輩達の真剣さと執拗さに負けて、「辞めたいときにはいつでも辞める」ことを条件に二人を推薦者として入党をした。ペンネームは滑田八郎（なめた　やろう）とする。心の広さと柔軟さに惹かれて八郎は塩田に関心を持った。父親は警察署長で厳しく躾《しつ》けられ恐怖感を持っていた。

やがて紹介された恋人は八郎を弟のように面倒を見てくれ、塩田の母親の優しさを想像した。仕事でも信頼をされていた塩田は支店の若い男女を次から次に民青や党員にした。しかし銀行からの脅迫と父親の叱責、母親の懇願に負けて党から離れ、同志を売った。その褒賞として従業員組合の議長になり、四十五歳を過ぎてからは鬼支店長として名を馳せることになる。（塩田さんは優しいから人々は付いてきた。でも強い者からの脅かしに負けて自分を信じてくれていた人々を売ってしまった。優しさと不屈さの両面を持つことは難しいことなのか）

八郎は塩田の転向に接して、自分自身のこととして考えた。

二宮は餓鬼大将として小さい頃から地元の栃木市では名が通っていた。高校を卒業すると校長を保証人として富士銀行に入行する。

八郎が入党工作されていた当時、本店で男性達を組織して労働条件や人権の闘いをしながら、中央大学法学部の夜学に通学していた。大学を卒業すると銀行内の党組織のキャップとして活動の先頭に立ち、富士銀行を相手にした女性の不当配転の裁判や外の都市銀行での争議活動にも、二宮のリーダーシップが必要とされた。

四十歳後半になると党活動と労働運動の限界を見定め、融資課員として担当していた歴史のある中堅企業の役員となった。その後経営コンサルタント、不動産屋と変わるのだった。

塩田が離党した後は八郎が二宮の親しい同志になった。

「目には目を。やられたらやり返さないと舐められる。攻撃は最大の防御だ」

「言うは易く行うは難しだ。言う事ではなくやることを見て人を判断すべきだ」という二宮の強い信念は、自分に自信を持って生きたいと願う八郎に大きく影響を及ぼした。

入党して数ヶ月経ったとき党勢拡大の課題が与えられた。八郎は瞬く間に目標以上を達成して先輩達や上級から驚かれる。

しかしその後、驚くことが次々に起きた。

「独占金融資本に働いている党員の任務はロシア革命の時の失敗をしないように、革命側に確実に金庫を明け渡すこと。そのために深く静かに潜行しながら勢力を確保すること」

八郎は陰謀団かロシア革命の亡霊に引き込まれてしまった思いになった。

上級組織を通じて詩を民青新聞に投稿したが、掲載された詩の内容が変わっていた。

疑問を言うと民青の先輩は、

「この方が良いと思ったから直した」

「銀行の行内誌に詩を投稿した時には直されない。これが社会常識だ」

その先輩は八郎がこの様な反論をしたことを問題視した。

「上級の指示に従うのが党の常識だ」

中野支店から駕籠町支店に転勤して一年程経った。

すると「党員とシンパで職場を変えるための三人委員会を組織しろ」と、頭でっかちの計画の実行を地区委員が命令してきた。

当時の八郎の活動は大手都市銀行内の共産党の機関紙「海燕」に掲載され、その八郎の多様な活動を見て「金融独占の組織活動の典型」としたい考えが地区委員にあったのだ。

地区委員の指示を非現実的だと批判すると、

「上級に逆らった自己批判書を提出しろ」とその地区委員が命令してきた。

「書いた方が良い。地区委員会で決めたことで、彼らは本当に怒っている」と二宮からも言われたが、怒った八郎はその要請にも答えなかった。

その後、指示された幾つかの組織でも計画が実現できないままだ。それでも頭でっかちの地区委員会の責任は問われなかった。

その数ヶ月後、仕事と大学、卒論、心理学研究会、組合、民青、幾つかの党活動と、八面六臂の忙しさで八郎は体調を崩し出した。

党の役割の幾つかを減らすように地区委員に喫茶店で言うと、

「党が個人より優先するのを知らないのか」

と上級に従わない八郎に、やくざのような口調で脅かしてきた。

八郎は大勢が聞こえるような大声で反発した。

「党員の身体を心配しない共産党など僕には不要だ。辞める！」

大勢の客が驚いて見る中、八郎はかまわず外に出た。

翌日、八郎は入党の推薦者である二宮に離党届を渡した。

「君の言うとおりだ。俺も同じように思っている。だが待ってくれ。力を合わせないと職場は変えられない。上のことなど相手にしないでやり過ごそう。党細胞指導部の役割を少しの間、休んだらどうか」

情に訴えながら長時間にわたって説得され、考え直してみることでその場を収めた。

しかし、そのすぐ後に共産党を辞められない事態となってしまった。

3章　武士は食わねど高楊枝

僕は盗人でない

昭和三十九年の秋、中野支店から駕籠町支店に転勤になる。頭取や役員が出ている出世コースだ。八郎は普通預金係の主任に命じられた。中野支店と比べて来店客は少なく静かな支店だったが、雰囲気がどこかおかしい。一ヶ月ほどしてから支店の状況がわかりだした。

三十歳半ば過ぎの出納の主任は一時的に勘定が合わない時いつも課長に平身低頭して、

「新入行員になった気持ちでやり直します」

と謝っており、上司に対する卑屈な態度を八郎は疑問に思っていた。

八郎が日曜日の日直の時、朝早くに主任が出てきた。出納の自分の席に座ったり周りを調べて、一時間ばかりして帰っていく。おかしな人だと思い一緒に日直していた庶務行員に聞くと、

「いつものことだ」と言う。

一年近く前、現在の支店長に変わった直後に出納の現金勘定が不足になった。主任が疑われて厳しく詰問され、人が変わってしまったと言う。

支店長は現金が合わない時は行員を誰彼となく疑っていた。疑われた人はその後も「自分が疑われ続けているのか」と、支店長を怖がっていると言う。支店の皆が支店長の転勤か自分の転勤を望んでいるとのことだった。

嫌な支店に来てしまったと八郎は思った。

四月になると副支店長が八郎を自分の席の前に呼んだ。

「小磯君の人事調書に調査部勤務を望んでいることが書いてあるが、当行は東大閥で調査部は東大出身者だけが勤務できるエリートの部署だよ。高校を卒業した君が望むのはおこがましい。君はせいぜい軍曹を目指すべきだな」と言われて削除を命じられた。軍曹とは支店の課長のことだ。

伯父や従兄達は東大を卒業しており、高校の一年先輩は東大に受かっていながら富士銀行に入っている。同じ高校から東大に入って富士銀行に就職した先輩達もいる。

「旧制中学を卒業すると課長止まりだが、自分は支店長になれる地位まで出世した」

このように驕っていた副支店長は自分の地位を誇示するために、部下達の夢や可能性を伸ばそうとするのではなく抑えつけた。

一年を過ぎて窓口に係替えになった。すると今度は八郎が盗人に疑われる番になる。隣の窓口を担当している女性の生理はいつも重い。十二月末近くのその日も口数も少なく、浮かぬ顔をしながら窓口で現金の処理をしていた。業後に勘定を合わせると伝票の合計と手元にある現金が違っている。相当時間がかかってから、伝票をお客さんに渡してしまったことが原因だとわかる。

翌日も合わなかったが、やがて女性の不注意による単純なミスだとわかった。課長は二日連続で現金勘定を間違えた女性を、支店長に聞こえるように大きな声で叱責した。

「何で単純ミスをするのだ。最近窓口に座ったわけでないのに弛《たる》んでいる!」

続いて小声で言う。

「現金の間違いにはうるさい支店長だと分かっているだろう。昨日は支店長が本店に行っていたから報告しないで済んだが……。俺の立場を理解しろよ」

課長は部下の仕事ぶりを逐一支店長に報告するように言われて、ことが起こるとまず課長が叱責を受けている。大柄の女性は身体を小さくして課長に謝り、課長とともに支店長に謝りに行った。

その翌々日の年末、現金が千円少ない。八郎も原因を一緒に調べたがわからなかった。時間が過ぎて全体の勘定を合わせる時間になった。

「課長に言わなければ」

「言わないで、怖いから。正月休みのうちに原因を調べるから」

自分の財布から千円を出して埋めていた。

正月が明けたが原因はわからない。八郎はその女性に課長に報告するように勧めるが動かない。しかたなく自分が課長に報告に行った。

しかしこれが八郎の人生を変える事件に発展することになる。

支店長は故郷の長野に帰っており、不在だった。課長と副支店長が一時間余り席から消えた。四時になると八郎は支店長室に呼ばれる。副支店長が八郎の預金元帳を持っていた。

「そこの席に座って」と言うと、

「どうして女性から報告させなかった？」

「私が報告したほうが良いと判断しました」

副支店長は八郎の顔色を伺いながら、

「本当は君が金を必要としていたのじゃないのか？」

八郎は一瞬聞き間違えたかと副支店長の顔を見た。

「君は金が欲しかったのだろう」

「そんなことありません」

「本当か？」

「本当です」

「どうしてそうだと言える？」

意地悪な質問をしてきた。

「天地神明に誓います」

副支店長は目の前の八郎から眼を離さず顔色の変化を凝視していた。

少し間を置くと預金元帳を見ながら、「学費はかかるだろう」「小遣いは足らんだろう」「親や兄弟は元気か」と矢継ぎ早に質問してきた。八郎は副支店長からの屈辱的な質問に涙を流した。

支店長室から解放されると虚脱感に襲われ、歩いていても身体が宙に浮いている。

「両替で千円余分に受け取った」

と、翌日になると馴《な》染《じ》み客が現金を持ってきた。

すると今度は、

「『後輩指導の反省』という始末書を人事部あてに書け」

と八郎に命じてきた。しかし女性にも担当課長にも何事もない。八郎だけが叱責され責任を取られることになったのだ。八郎は納得がいかなかった。

ことの起こりは支店長の脅迫的な部下指導と課長の保身だ。本来ならば課長は部下の体調や様子を見ながら指導しなければならないのに、支店長の顔色ばかりを伺っているためにその余裕がない。

どうすれば良いのかを八郎は二宮に相談した。二宮から離党を引き延ばされた二週間後のことだった。

「『目には目を』のチャンスがやって来るから仲間を増やして準備をしたら良い」

案の定、半年後に再び「盗人作り」がおこなわれた。窓口の男性に現金十万円が不足する現金事故が起きたのだ。翌日も調べたが原因がわからない。五時になると全員が支店長席の前に集められた。

「昨日、現金が十万円不足したことは皆さん承知のことでしょう。本部にこれだけのことをしたと報告しなければなりません。一日遅れですが皆さんの机、ロッカーの中を検査させてもらいます。組合役員には了承を取っております」

このように支店長が言うと課長達が間髪をいれず動いた。

支店長は庶務行員の部屋と宿直用の布団、財布、副支店長は女性のロッカーとハンドバッグ、財布、生理用品の中、筆頭課長は男性のロッカーと財布、鞄の中、ほかの課長は営業場の机や書類、金庫の中を調べまくった。しかし現金は出てこない。女性達は泣き、庶務行員達は「何かあると俺たちが一番に疑われる」と居直り、男性達は諦めていた。

八郎は容赦できなかった。後の祭りだったが組合役員に抗議した。

「どうして支店長からの申し出を了承したのだ。皆の意見を聞かないのだ」

「組合役員が了承して、何でいけない」

「個人の持ち物を調べるのは人権の侵害だ。それを認めるなど非常識だ」

するともう一人の役員が口を挟んだ。

「非常識だって？　銀行では常識だ」

(共産党でも同じことを言っていた)

「憲法ぐらい知っているでしょう」

「何を、外に出ろ！」

「外に出て一対一で決着をつける話ですか？　支部会を開いて全員の意見を聞くのが当たり前でしょう」

八郎の大声が営業場全体を揺るがせ、組合役員を非難する目が注がれていた。

この間にも個人の持ち物の検査が進められ、疑われたくない思いで皆が従っている。青婦人部長だった八郎はその場で全員に「何を調べられたのか」のアンケート用紙を配り、それに基づいて改めて組合の支部会を開催するように役員に要請した。

「君は俺の出世を邪魔した」と、現金を不足させた男性は支店長から言われていた。

ロッカーの中にアカハタや民青新聞を放置している読者もいた。

八郎は自分が盗人扱いされてから六ヶ月の間に支店のなかでアカハタを増やし、党員と民青を組織していた。検査が終わってから喫茶店に集まって対策を話し合う。

「支店長は人権侵害を一人一人に謝罪する。組合役員は自分たちの越権行為を支部会で謝罪する。これらを緊急支部会の席上、多数決で決める」

支部会が始まる前に、八郎は人権擁護委員会に救済を申し出られるかどうかを電話で打診してみた。しかし煮え切らない答えが返ってきて、頼りになるところではないことを知る。

支部会には課長以外全組合員が参加した。

組合役員兼任の議長は「早く支部会を終えたい」「検査は必要だった」という話を十分近くする。たまりかねた八郎が手を挙げた。

「まず役員の方々が、支店長からどんな申し出があったのかを話してください」

質問に答えないで「しかたないことだ」との意見を役員が各々言い、再び議長が話し出して三十分が過ぎた。

(自己保身で固まった責任感のない役員達だ)

八郎は議長を更迭する提案をする。

組合役員を除く全員の賛成で人望のある課長代理が選出され、やっと議事が進みだした。

八郎はアンケートに書かれた要点を発表する。続いて具体的な内容を議長が一人一人に確かめる。

終わると平野が「支店長はみんな一人一人に謝るべきだ」の提案をしたが、年配者たちの「そこまでは……」の意見で、支店長と組合との協議の場である支店協議会の席で謝罪してもらうことでまとまった。すると一人の役員が、

「私は労使対決の場を支店協議会に持ち込むことには銀行員の良心として反対です。私が支店長になったとしても同じことをやると思います。ですから私は組合役員を下ります」

と、部屋から出て行った。

(中野支店では現金勘定があわなくなっても一度もそんなことはない。本当に行員が盗み続けているのか?)

八郎には理解できないことだった。

「私は支店長のやったことは良くないと発言しましたが、正しかったと訂正します」

役員の一人が言うと堪りかねたように議長が、

「今の組合役員達は組合員の意見を代表していない。支店協議会には極力大勢が傍聴に参加し

よう」

　と提案すると大勢の拍手で採決された。

「現金事故が起きるといつも行員を疑っているがどうしてなのか。支店協議会という公式の場で今までの経緯を説明する」「個人の持ち物の中身を調べるなど行き過ぎた検査について、支店長に謝罪してもらう」「職場の明朗化に努める」の三点を支店長に要請することに決まった。四時間の討論だった。

　支店協議会はすぐには開かれなかった。一ヶ月近くが過ぎて夏休みで出勤人員が少なくなり、熱気も薄れる頃になって開催された。それでも組合員の半数近くが傍聴する。

「これからお願いするのは組合の意向で、組合役員の私見ではありません」

「私個人としては検査に賛成です」の役員達の弁解を挟みながら、傍聴席に向かって支店長の一方的な話が続いた。

「実態として内部でなくなったとしか考えられない。私としては非常に心苦しかったが、警察を呼んで調べてもらうより、内々で調べた方が皆さんのために良いと考えた。なぜなら問題を公にすることで、あなた方はどこの場に行っても社会的に疑いの目で見られる。そういう観点に立ってもらえば検査になんら疑問が感じないはずである。私の配慮ある行為を知ってもらいたい」

組合役員達は「尤もだ」と首を縦に振った。

（子供騙しの話をするな！　証拠がなければ人権侵害になるような銀行の要請で、警察が職場の中に入れるわけがない。こんな話を公開すれば富士銀行と支店長が社会的に疑われるだけだ）

「私は今日という日にこれだけの傍聴者でなく、全組合員の方が参加していただければ、今後この事故をどう調べ尽くすか話し合えたと思うと残念だ」

「当日、私が検査をやる旨しゃべった時に反対の意思を言ってもらいたかった」

「検査にあたって思想的なものが出てきましたが、私としてはなんら意を介しません。逆に批判力を養ってもらえると思っております」

「実はゴミ箱から犯罪とおぼしき事を書いたメモが出てきました。今のところ皆にその内容を知らせられないが、とことんまで調べつくす」

発言できない傍聴者に向かって居丈高に言った。

（支店協議会の開催日を夏休みに延ばしておきながら「これだけの傍聴者」と言う。問答無用と検査を進めながら「反対の意思を言ってもらいたかった」と言う。そして「メモが出てきた」「思想的なものが出てきた」と脅す。子供騙しの誤魔化しと脅かしだ。こんな支店長が富士銀行の役員に出世するのか……）

協議会が終わって傍聴者が去ると組合役員達は、「今後、事故を徹底的に究明するよう組合員は支店長に協力する」ことを約束させられていた。

九月に入ると組合役員選挙がおこなわれ、検査容認派と八郎など反対派の闘いとなった。容認派の票は前組合役員と課長達十人少々で、圧倒的多数で反対派が勝った。

その二ヶ月後、得意先課員をしていた先輩が突然退職した。

「いつも現金事故が起きると支店長は俺を狙い撃ちする。今回もそうだ。証拠もないのに犯人扱いだ。こんな銀行に勤めていられない」と八郎に言い残した。

さらに数ヶ月後、今度は女性が疑われて支店長室に呼ばれ詰問された。

「私、裸になりますから調べてください」

泣きながら彼女は服を脱ぎ出す。驚いた支店長と副支店長はその女性を解放した。

女性はその足で八郎の元に来て、

「何にもしていないのに支店長は私を犯人にした。絶対許せない。裁判にするから助けて」

女性は親に説得されて裁判をあきらめた。やがて本店に転勤させられて慣れない仕事で退職する。その数ヶ月後に支店長の転勤発令があった。本部の閑職だった。

発令のあった数日後、八郎は支店長席の前で言った。

「支店長、いつも部下を疑ってばかりいましたが、一番権限を持っている支店長が一番疑わしく思われていることをご存じでしたか」

支店長は青白い顔をして目を大きく見開き、八郎を見た。隣に座っている副支店長も驚いて八郎を見上げる。地声が大きな八郎の話は支店の全員に聞こえた。

二十三歳の若造が四十歳半ばの支店長に言う言葉ではないが、八郎は言わずにいられなかった。

支店長はその後六ヶ月も経たずに退職して、駕籠町支店の取引先である中堅企業の経理部長になった。仕事上の用事で支店に来るが、融資課の者以外からは相手にされなかった。やがて銀行の融資が受けられなくなって自分の退職金をつぎ込むが、その会社は倒産してしまう。

自業自得だが、でもなぜこんなに早く退職したのか八郎には不思議だった。

現金事故の犯人捜しにかまけた結果、人事管理の根幹を揺るがす深刻な事態を引き起こした管理責任を取らされたことが、すぐに知ることになった。

赤鬼になる

組合の役員になって以降、八郎は女性達を中心に民青を急速に増やし、ワンダーフォーゲルや卓球、労音（勤労者音楽協議会）など数多くの部を作って活発にさせた。

代議員として大会や東京ブロック集会で八郎が、代表支部委員の平野と民青の人々は組合学校で、駕籠町支店の活動を報告した。これらの報告は組合全体に大きな刺激を与えるものだった。

人事部から新しい支店長が赴任してきた。取り立てて何もしないで支店のなかの共産党と民青の組織を洗っていた。民青に入っている人員は支店の三割以上になっている。

六ヶ月ほど経った昭和四十二年の四月から銀行は次々に攻撃をかけてきた。

八郎を人事評価上の最低の昇給に、平野をその上の評価にして二人の党員を分断した。

五月、人事部は全独身寮の部屋へ日中に無断で入り込み、アカハタや民青新聞、本など共産党の影響を受けている者を調べ上げた。

続いて労音を辞めさせて創価学会の主催する民音（民主音楽協会）に替えるように、全支店長に指示する。

次に人事部は「新本店建設の募金運動」を全行員に指示し、「募金をお願いする手紙を親戚に出すよう」に業務命令を出す。そのことで銀行に対する全行員の忠誠心を確かめた。

続いて行ったのが転勤攻勢だった。駕籠町支店では六月に入ると、青婦人部長をしていた民青の後輩が山形支店に転勤になった。東京出身で母と妹との三人暮らしだったので断ると、副支店長から「業務命令違反で解雇する」「態度を改めないと良いことがない」と脅かされて転勤していった。

七月末近く、組合の専従が八郎に挨拶にきた。その一週間後に支店長が八郎を呼んだ。

「北見支店に転勤だよ。北見支店は業績が上がっているので、君を必要としている」

(世田谷の喜多見に支店があったのか？)

「北海道だ」

副支店長にわざわざ地図を持ってこさせて、探すふりをする。

「ここだよ」

八郎の顔を見ながら北見を指さす支店長の口元がほころんでいた。

網走から近くの富士銀行最北端の支店だった。

満州で生まれ育った八郎には銀行が考えたほど衝撃的な左遷ではなかった。それでもシベリアに流刑された革命家のような気持ちになっていた。

(人権を守ることのどこが悪い。銀行の仕事は法に則っているのに行員に対しては法律などお構いなしだ。僕を辞めさせようとしても無駄だ。赤鬼になって喰らいついてやる！)

当日の夜から計画通り、八郎と平野など三人で北アルプスの針ノ木岳から渓谷を下って黒部湖を渡り、五色が原、真砂岳、立山、剣岳を縦走した。帰りは室堂から富山に降りる。

八郎が転勤して三ヶ月後に平野が盛岡支店に飛ばされた。続々と転勤させられた民青の女性達は新しい支店で仕事を通じて苛められ、多くが退職していった。転勤しなかった一人の女性は課長代理に身体を弄ばれていた。

支店長を擁護した組合役員の一人は執行部の専従となり、やがて役員となる。人事部長が大学の先輩だったために、支店長ルートとは別に現金事故と支店長の対応、支部の組合、民青の動向を人事部に報告していた。この情報によって駕籠町支店がアカの巣になってしまったことを富士銀行は知ったのである。

支店長を擁護した組合役員達は支店長の愚策に協力した責任を取らされた。女性を弄んだ者が支店長になった以外、副支店長への出世が関の山だった。共産党や民青とは無関係でも、銀行への忠誠心が足らないと判断された男性達は課長止まりとなった。一方、支店長に仲間を売った民青の男性達はいずれ部長や支店長へと出世することになる。

その後、平野は平行員のまま自分の権利を守ることを専らとし、山形に転勤した者は活動を辞めて末端の職制になった。

駕籠町支店での実験に勢いを得た銀行は、全店的に転勤攻勢をかけ出し、経営施策に異を唱える行員を組合役員から排除し、銀行を辞めさせるように仕向けた。結婚している女性を本店から通勤時間片道二時間の横浜支店に転勤させ、富士銀行で初めての労働裁判になった。八郎は転勤した北見支店でその裁判の証人となるのだった。

続いて組合を銀行の翼賛組織にするために、大会代議員と代表支部委員の役員を支店長の主導で決め、支部会には課長が必ず出席して個人の発言を監視するようにした。

三和銀行でも大規模な転勤攻勢と辞めさせたい女性に対する嫌がらせを始めた。その結果、職業病訴訟と裁判が起こる。ほかの都市銀行でも労働争議が次々に起き、今まで社会的に明かされることがなかった都市銀行の労働実態が公になったのだ。

なぜ富士銀行の一支店の出来事がこのような大事になったのか。

戦後二十年、大企業を保護育成しながら日本経済の復興を進める時代から国内市場を国際的に開放する時代に入り、大企業を国際競争に勝てる体質に強化しなければならなくなった。つまり基幹産業の生産活動が政府系銀行と都市銀行を経由した政府の資金でおこなわれていたのを、これからは自らの経営努力でおこなわなければならなくなったのだ。

そのための都市銀行の役割は、「所得倍増計画」で中産階級に成長してきた国民から、金利が安くてすむ小口の安定的な預金を大量に集め、大企業に貸すことだ。これらを実行するためには、アメリカから導入したコンピューターで大量の事務処理をおこなうとともに、経営の目標管理、支店の独立採算を通じた支店同士の収益競争で、銀行自身の体質を強化しなければならない。

政府は銀行同士の競争を促すために都市銀行に呼び掛けて、旧財閥系五行と国立系一行の、預金規模の近い銀行にまとめさせた。

リーディングバンクの富士銀行は昭和四十二年から経営の効率化に本格的に着手した。

「全ての経営施策を目標で管理する。三年間に事務を担う女性を三割減らし、残業時間と経費を予算化する。収益の見込めない地方支店を廃止して住民が急増している都市住宅地の支店の新設をすることで、預金の増加と住宅ローンの収益、公共料金の口座振替手数料の収益増を図る」

これらを実施するには抵抗する勢力を行内から排除しなければならない。

戦後の基幹産業の労務対策を指導していたのは日清紡績の桜田武だった。共産党員や企業経営に抵抗する労働組合役員を排除するために戦う組織、日本経営者団体連合会（日経連）の産みの親だ。戦時中に将校として前線で指揮を執り、軍から戻ると軍需品を増産するための「産業報国運動」に深く関わった。戦後すぐから日経連を通じて、これらの体験を労務対策に取り入れた指導をしていた。

昭和四十年代に入ると二十年近く続けた労使紛争解決の経験をまとめて、日経連の方針として全ての大企業に周知した。

「『一人一人の仕事量を大幅に増やすと労働時間中に余裕がなくなり、一人一人が精鋭化せざるをえない』

その精鋭化した従業員達で『全員経営』をするために『能力主義管理』を徹底する。

『能力主義管理』とは、『仕事の実績だけでなく自分の職務を幅広く深く担おうとする積極的な意識、企業との協調性や貢献、帰属意識、後輩指導など、従業員の人格や考え方、職場から離れてからの私生活までが能力主義の範疇に入り、その全てを管理することである』

『従業員に仕事を喜びとする意識を持たせるためには従業員一人一人に自分の能力を充分発揮させて、（働いている会社を通じて社会進歩に役立っているのだ）という気持ちを持つように仕向ける』

『企業のさまざまな事業を独立採算制にさせ、事業部ごと工場ごと従業員ごとの目標管理システムを作り、計画した中長期の経営目標に向かってお互いに競争をさせて顕彰する。これらを通じて従業員全員を経営に参加させて、利益を上げる』

『これらを実行するためには新卒採用にあたって、組織の秩序を守って自分の役割を積極的に果たし、監督や先輩の指示に文句を言わずに従う集団的なスポーツをしてきた者を優先する』

『労働組合と経営陣は自分の働く会社を通じて、社会的な役割を担っているのだという連帯の意識を強めて、上げた利益を分配する』

従業員に服従と忠誠、滅私奉公を徹底するこの施策はバブル経済が崩壊するまでの二十五年の間、銀行や証券も含めてほとんどの大企業で実施されることになった。海外から「エコノミック・アニマル」と呼ばれた企業活動の根幹だ。

当時、経済界のオピニオン・リーダーでもあった富士銀行が日経連のこの方針を、銀行業界で初めて取り入れた。頭取の岩佐凱実は最初の支店長経験を駕籠町支店でしており、支店で起きていたことを深刻に受け止めていた。

北見は大雪山と網走の間にある盆地で冬場はマイナス二十度になる。と言っても八郎が生まれ育ったチチハルや新京のマイナス五十度には到底届く気温ではない。

鎌倉時代に築城した世田谷、喜多見城の城主である桓武平氏の末裔が、徳川時代に刃傷事件に連座して松前藩の領地の野付牛、アイヌ語でノッケウシに移封された。その屈辱に耐えきれず、名前を喜多見から北見と変えてその地を支配したと言う。ノッケウシとは和語で「野の果て」である。

(僕は満州の「辺境の地」チチハルで生まれた。小磯一族の波多野氏の支配した秦野に隣接した喜多見氏が「野の果て」のノッケウシに飛ばされている。縁のあることだ)

八郎はこんな思いで旅立った。

厳寒の野付牛へ

羽田から飛行機に乗って千歳、バスで札幌、石北線で北見というコースで十時間余りだ。千歳に着くと八月でも半袖シャツでは冷たい。札幌までのバスから見える牧草地と牛、サイロ、カラフルな色の屋根の家がどこまでも続く。札幌から乗った石北線からは広大な農地と秋色の木々、石狩川と山並み、トンネルが交互に移る。山好きな八郎には本州と違った風景を見飽きることがなかった。

北見駅は小さい高原の駅のようだった。すでに午後八時近くだ。人通りは少なく寒い。まだ空が青く広かった。駅から十五分ほどの「野付牛公園」という名のバス停は放牧地と野付牛公園、北見工業大学の前だった。赤い色をした急なトタン屋根の、二階建ての家に迎えられた。屋根裏の二階に北見支店の独身者二人が住んでいる。居間にはすでにストーブが入っていた。

網走から運ばれた新鮮で身が引き締まったイカの刺身と北見産のジャガイモと玉葱、豚肉の煮つけが夕食のおかずだった。八郎は初めて口にするそれらの旨さに驚くが、米はバサバサしてうまくない。

翌日、支店に赴く。一等地の角にある支店は小さいながら綺麗だ。

「石北線に五時間以上乗ってここまで来たときは、つい涙が流れてしまったよ」

千葉出身の支店長は自分の体験を話しながら、八郎を慰めるように言った。

(普通はそうなのだろうな)

八郎が旅を楽しめたのは親元から離れられる喜びもあってのことだった。

アルプス縦走で赤黒く焼けていた顔の八郎を見る北見支店の人々は興味津々だった。すでに

「赤鬼」であることを知らされていたのだ。

仕事は為替係だ。地元はアイヌ語の地名がほとんどで、漢字の当て字の読み方を覚えるためだ。言葉づかいは標準語に近く、八郎は方言を使う楽しみを覚えた。十月に入ると支店の高窓から見える深い紺碧の空に見惚れて、仕事から手が離れる。

十一月、自転車で得意先回りを命じられた。仕事帰りに道端で人と出会うと、誰でも親しみ深く「おばんです」と声を掛けあう地元の人々と話せる楽しみがあった。

担当地区は支店から二キロ以南と二キロ以北で、農家とサラリーマンが住む県営、市営住宅、国道沿いに点在する商店だった。一日に二キロ北の取引先に行き、四キロ自転車に乗って南の取引先に行き、二キロかけて支店に戻る。つまり一日に八キロ自転車に乗ることになった。

得意先課の人々は支店の周りを徒歩か自転車で回り、その周りをスクーターで、その周りを軽自動車で、そして八郎が自転車で回る。それより遠方は普通車という具合だった。

十一月の日中は高原を自転車で走っているようで楽しい。しかし午後三時過ぎには気温がマイナスに下がり、十二月にはマイナス五度以下になる。自転車の泥除けに挟まっている雪と雪解け水が自転車の車輪を凍らせて、動かなくなるのだ。

支店の前の東西に貫く坂道も凍って自動車が後ろ向きに滑り落ちるために、前の車が登り終えるまで次の車は下で待っている。

十二月の晴れた日、手袋二枚と登山用の靴下二枚、長靴、そして厚い毛糸の帽子を頭から耳まで被って、凍った農道を自転車に乗っていた。すると突然地鳴りを伴いながら吹雪き出し、道路や農地に積もった雪を舞い上げる。八郎は目の前が見えなくなって鞄を積んだ自転車を手放す。手袋は固まり鼻毛が凍り、急激な気温の低下で頭が痛くなった。

（このままでは凍死する）

鞄を拾うと這いずるように近くの農家に行き、雑木に身体を寄せてうずくまって吹雪を避けた。それを窓越しに見ていた農家の人が出てきて、

「早く家の中に入りなさい」

と八郎の身体を持ち上げるようにして、家に招き入れる。

見ず知らずの農家の夫婦は八郎の濡れた衣服を暖炉で乾かしながら、温かい飲み物と昼食をごちそうしてくれたのだった。

このような銀行の苛めに負けるわけにはいかない。そのために八郎は銭湯に行くと水を頭から浴びる習慣をつけた。水しぶきを裸に受けた地元の人が驚く。下宿に帰ろうと外に出て両手で手拭いを下げると、瞬く間に凍りついて逆さにしても折れない。

日本一寒い北見は明治以降、アイヌ人や旧士族の屯田兵や、前金をもらって、本土から集められて日中は暴力で働かせられて、夜は監禁されたタコ部屋労働者、足鎖を付けた網走刑務所

の囚人達によって開発された。本土で食い詰めた人々が部落ごと、家族ごと移転してきていた希望と逃亡の地でもあった。坂本龍馬の甥の直寛はキリスト教の理想郷を作ろうとし、秩父事件の井上伝蔵もこの地に逃れている。

このような人々が多い地ではお互いに過去に深入りしないで、助け合うことが当然な習慣となっていた。八郎は本土から満州に渡った人々のことを思い、北見の人達に親近感と安らぎの気持ちを持った。

二月の深夜には雪の結晶が舞い落ち、三月に入ると日中は凍土が溶けて道路が水浸しになり、四月末から五月には色の濃い小さな花びらを付けた桃、梅、桜が同時に咲いた。地元では数少ない文化行事である労音や映画の鑑賞会が行なわれる。八郎はそれらに参加して、札幌から北見に左遷された大企業の人達も少なくないことがわかってきた。

外回りから帰ると四人いる先輩達は自分の仕事に没頭している。八郎には自分の仕事以外に支店の計数管理と十種類以上の粗品の整理が待ち受けていた。自分だけ多いことを不思議とは思ったが、慣れないために懸命にやり残業も多かった。

やがて富士銀行の全支店で始まる「一人三役運動」を、八郎を通じて実験していたのだ。一人が別々の三つの仕事をするための体制作りだ。

八郎が転勤して八ヶ月目、四月に入ると富士銀行で「体質強化三ヶ年計画」が実施され出した。支店の独立採算と目標管理の導入、女性の三割を削減、経費と残業時間の予算制度だ。

「五時になったら帰れ」と課長が言う。先輩達は誰も帰らずに仕事を二時間近く続けながらも、残業ゼロと申告するようになった。八郎は今まで通りに残業をしてその手当を請求する。すると課長が命じてきた。

「残業をするな」

「仕事が溜まります」

「日中にやれ」

「今やっている仕事は日中出来ない仕事です」

「君も月三十五時間の残業時間の予算制度を知っているだろう」

「残業手当の請求をするな」という暗示だ。この予算時間はバブルが崩壊するまで二十五年を掛けて三十五時間から三十時間、二十五時間、二十時間と減っていった。

このやり取りがあった翌日から八郎は五時に帰る。すると仕事が溜まってきて支店全体の仕事に差し障りが出て、課長はしかたなく八郎に与えていた仕事を外の二人に分けた。

五月、課長は得意先課員たち全員の前で八郎に声高に報復をしてきた。

「君は個人定期の目標がいつも達成しない」

八郎はこれを幸いと取引先の書類を課長の机の上に広げて説明し、

「ぜひ自転車で一緒に回って、工作手法を教えてください」

と願った。

自分への苛めの苦しみを味わってもらおうと思ったのだ。課長は身を引くように渋った。

数日後、課長は自動車に八郎を乗せて数軒の取引先に行く。しかし定期預金の話を一切しない。増えっこない取引先であることはわかって与えた担当先なのだ。

その翌月、営林局と支店の周辺の取引先を幾つか持たされ、自動車の運転免許の取得も命じてきた。

転勤してから支店長と課長はことあるごとく八郎を脅かした。

「組合に口をはさむな。仕事だけに集中しろ。地域で活動をやったり民青に入るな。さもなければ東京に帰さない。これ以上悪いことが起きる」

転勤して一年近くすると人事部から二人がやって来る。

面接に呼ばれて八郎が部屋に入って椅子に座るや否や、

「まだ協調性がないそうだな」

「どういうことですか」

「自分に聞けばわかるだろう」

八郎を睨《にら》み付けながら言った。八郎は睨《にら》み返した。するともう一人が怒鳴った。

「いいかげんにしろ。どうなるかわかるな」

「会った早々、その言葉と態度は何ですか！」

八郎は大声で怒鳴り返すと部屋から出た。面接して二〜三分もしていない。

(馬鹿にしやがって。傲慢な奴等だ)

盗人扱いされた時と同じ怒りを覚えた。

このような人事部の面接は銀行の施策に抵抗する男性達を対象に全国の支店でやっていた。上司を殴って退職していった男性も少なくなかった。

脅迫による支配はやがて支店長や課長達を対象にして業務部でも行なわれるようになり、支店長や課長は部下を脅迫したり暴力を振るい、得意先課の男性達を玉砕的な全員経営に駆り立てる手段になった。


女性の不当配転の裁判闘争がはじまった。

「同時に裁判を起こせば完勝するから」と、弁護士や二宮達に裁判を勧められたが八郎は断った。父義之の共産党に対する恐怖心を知っているからだ。駕籠町支店から北見支店に転勤したときに、八郎が共産党員になっていることを知った父の驚きと動揺、顔色と口調の変化、「お前は我が家と弟の人生を台無しにするのか！」

北海道・黒岳

気が触れたような激昂を思い出すと出来ない。それでも証人としては出頭した。

北見支店の女性達の中には裁判の意味することを知っている者はいなかった。

（人は自ら痛い経験をしないと人の痛みはわからない）

このように思っていた八郎は取り立てて裁判のことを話さなかった。

それでも東京から飛ばされてきた八郎が証人になっていることもあって、道内の十支店の青婦人部の集いでは関心が深かった。北見の金融共闘会議に支援の要請に行くと全部の組合が支援してくれた。

夏になると八郎は一人、遠軽駅で夜を過ごして大雪山の黒岳、北鎮岳、白雲岳、旭岳、緑岳を通って高原温泉に下る。泊り客がほとんどいない混浴の風呂には、川から流された温泉とともに落ち葉や苔が浮いている。温泉に隣接して白樺の木々に覆われた数多くの沼がある。大雪山を写す沼を散策して、一人北海道の山に感動する。翌年の九月にも大雪山から同じコースを歩き、紅葉に映える沼を巡った。

その翌年の五月、一人で知床連峰の羅臼岳と硫黄岳を歩いた。宇登呂から入ると道は雪で覆われ、熊の出没とともに気を遣った。誰とも出会わない。硫黄岳と羅臼岳に登る。日が落ち出して、風が強い鞍部にテントを張る。東を見ると国後が眼前に、西にはオホーツク海の沿岸にイカ釣り船の漁火が見える。夜空には星が零れ落ちるように輝き始めた。八郎は満天の星を眺めながらこれまでの人生を振り返り、自然と涙がこぼれるのだった。

翌日羅臼に下るが、カンジキにベタ雪が挟まって滑る。キスリングとテントの重さに耐えながら一歩一歩踏み固めて歩いていると、急斜面でスキーをしている若者二人とやっと出会った。

八郎が北見に来て一年が経ち、支店創業記念日の十二月に入る。午後四時近くでマイナス五度以下にも関わらず、支店長は女性達全員が地域を一軒一軒回って預金や積立のセールスをする指示を出した。仕事が終わると預金してくれた客に通帳を返しに寄り、客に頼まれると日曜日には集金に行く。女性達のこの体験談とともに、

「預金が増えてうれしい、とても楽しい、気分転換になる」

という感想、「頭取特別賞」を受賞した記事が社内報に出る。すると同じことが全支店で一

斉に行なわれ出した。

　バブル期まで続けた銀行業界の「全員外訪運動」の先駆けだった。

　道内の青婦人部役員から苦情が来た。

　自分たちが積極的にやったことが手本となって、他の支店でもマイナスの気温の中でやらされ反感を買っていることに、女性達は驚くのだった。

　退職した三人の補充がないまま、全員外訪は続けられた。その上、昼休み時間には来店客に配るリボンフラワー作りや新年のカレンダー巻を命じられる。これらも銀行業界で行われ続ける無給の仕事となった。

　銀行から言われたままにやればやるほど仕事が増え、昼休みも有給休暇も取れない。退職を口にする女性が出始め、八郎の話に耳を傾ける女性が表れ出した。

　この間に八郎は「特別表彰」に値する業績を二度上げたが人事部に却下されている。

　人事部から新しい支店長が来た。赴任当日から私用のために女性達を使う。娘のブーツを市内にある十の靴屋から探させ、日曜日に支店で日直をしている女性を家族のための買い物に行かせる。そして支店の用度品のポットを支店長宅に届けさせる……。

　北見支店で一番大口の取引先で、人柄の良い製材業の社長に対して横柄な態度と話し方をする。どんな客にも自分から挨拶をしない。客の話を上の空で聞く……。

また、支店長社宅の屋根の雪下ろしを部下にやらせ、仲人を頼まれたその部下の結婚式の日取りを数日前に突然変えた。取引先が売っている千円の本を部下全員に自分の金で強制的に買わせて預金を増やす。八郎が上京した時には「刀剣の本を買ってきてくれ」と頼んでおきながら、数十キロもある重い本を業者から送っても送料を払わない。

「俺は全銀連（戦後の銀行労働組合の上部組織）の副委員長をしてストライキを指導した。共産党の野坂君とも親しい。ドラッカーの水平思考を知っているか？」

男性達を集めての話は自慢と嘘と張ったりだ。

ピーター・ドラッカーは銀行や支店長のやっている、従業員に組織へ対する忠誠や服従を求める全体主義的な経営を批判しているのだ。水平思考はエドワード・デボノだ。

二年半後に北見支店を廃止させる人物として、人事部出身のこの支店長を北見支店に送って来ていたことを、当時は誰も知らなかった。

支店長は支店をグループに分けて、自動振替、経費節約、積立預金などの目標の達成を煽り、経費節約では行員の通路とトイレは電気が消された。

これらの結果、富士銀行で一番小さな北見支店の自動振替の獲得件数は、全国二百店以上のなかで十位に入る状態となり、収益率も大幅に向上した。しかし女性の人員がまた二人減らされて毎日の仕事が終わらなくなった。そのために女性達を私服に着替えさせて溜まった仕事をさせる。女性の残業時間、一日二時間の労働基準法の法律違反を免れるためだった。

女性達は誇りや喜びを持って仕事を続けられる状態でなくなり、親達も娘を富士銀行に預けるわけにはいかなくなった。二人の女性が退職願いを出すと支店長は退職の日を伸ばさせ、続いて別の女性が出すと拒否した。仕事が完全に回らなくなってしまうのだ。

「やっと小磯さんの言っていることがわかりました。助けてください」

四人の女性達が言って来る。八郎が北見に来て二年以上経っていた。

爆発寸前の不満が八郎に迫った。彼女達の話をまとめると十二項目になり、すぐにでも解決に動きたいと言う。駄目だったら退職する覚悟だと言う。しかし不満をそのまま支店長に吐いても聞き置かれるままで解決にはならない。八郎は策を練った。

「組合の代表支部委員は支店長にペコペコしていて信用できない」と言う女性達の意見で、「女性の会」で支店長に要求することになった。支店長から目を掛けられていた「女性の会」の代表を、休日に四時間かけて女性達は説得した。

翌日には全員が集まって十二項目の改善を支店長にお願いしても、全然答えない。

「皆さんは親御さんからの預かりもの。私を信用してくれ、悪いようにはしない。このようなことは良いことだから、これからもやろう」

翌日の話し合いでも支店長は女性達を小馬鹿にした発言を繰り返した。

支店長の態度と言葉が女性達を実力行使に駆り立て、支店長無視闘争が始まった。支店長に目にかけられていた二人の女性以外、支店長との挨拶や余分な話を避けた。闘いは一週間以上続けられた。

根を上げた支店長は女性達の大方の要求を飲み、人員も一人を中途採用して、「体質強化三ヶ年計画」を中断した。もはやこれ以上女性達を敵にしては支店閉鎖の仕事に差し障ると、銀行は判断したのだ。

継母の美津から電話が来た。

「今住んでいる土地を買いたいから出来るだけ多く金を出してくれ。銀行員だから大分持っているはずだ」

続いて義之が「頼む」と言う。

八郎は相変わらずの美津の勝手な言いぐさと情けない義之を怒ってはみたが、(高校までの食事代と学費を返そう。そして親子の縁を切ろう)と思い直し、翌月の給料の天引きを待って二百万円近い有り金すべてを送った。

その一年後に親の反対を押し切って、妻となる純子の預金で新宿厚生年金会館で結婚式を挙げる。八郎が二十八歳になる直前だった。北見で二キロ増えて四十九キロになった体重が、結婚六ヶ月後には五十三キロになった。

純子との出会いは八郎が駕籠町支店で受けた本部研修の時のことだった。すでに八郎の噂を純子は聞いており、横浜駅前支店勤務だった純子が独身寮生の話題にのぼっていることを八郎は知っていた。笑顔を絶やさずに人の話を聞く純子に八郎は惹かれ、自分のことを顧みず皆のために活動している八郎に純子は惹かれた。

昭和四十五年九月に足利支店へ転勤することになる。三年間いた北見の人々と別れ難かった。小さな駅は平日にも関わらず、八郎との別れを惜しむ六十人以上の人達で一杯だった。

赤鬼を放り出してから六ヶ月後、北見支店は廃止された。

坂東武者を育んだ地へ

足利の地は北を山で防御され、足尾から流れる渡良瀬川を渡ると南には広大な関東平野だ。十四世紀に幕府を建てた源氏の出、足利尊氏の出身地のみでなく古くから歴史を重ねている。八郎が住んだ長林寺参道前の家から数百メートル佐野寄りには三、四世紀の崇神天皇の長子、豊城入彦が建てた毛野国の名が残る毛野地区がある。上野、下野の両毛と武蔵、横浜から川崎にかけて東山道全域を支配している。十世紀には佐野唐沢山の麓に鎮守府将軍藤原秀郷の城が建てられ、東隣の小山、結城には小磯二郎が養子に入った頼朝の落胤と言われる結城朝光が支配している。

渡良瀬川上流には太田に城をかまえた尊氏の兄弟の新田義貞、その流れの松平別称徳川がいる。

渡良瀬川は古河から利根川、別称坂東太郎に流れ込むが、天下取りをした坂東武者を育んだ流域である。

八郎は北見支店同様に遠距離にある佐野、岩舟、田沼、葛生までの地区の取引先を担当するようになった。

赴任した足利支店では廃店の噂が広がっていた。隣接する伊勢崎支店がすでに廃止されていたのだ。日本で一番の都市銀行が地方都市から撤退するということは地元経済にとって衝撃的な出来事だった。商工会議所や市議会議員が足利支店と本部に陳情に赴いていた。

八郎が足利支店に転勤すると支店長が、

「このままだとこの支店も閉鎖される」と「体質三ヶ年計画」の達成のために行員達を煽っていた。十二月には四十人に満たない支店の人員のうち三人が退職して、三年間に三割以上の削減が達成した。

北見支店の時とは違って赤鬼に対して女性達の警戒心はなかった。一人三役の仕事で余裕がないのだ。翌年になると五人の女性が退職する意志を支店長に言う。北見支店とまったく同様な事態になったのである。退職を止めようと支店長は課長や組合の代議員、代表支部委員を使ってなだめたり脅かしたりしていた。

同じ頃、弘前支店が廃店になり、青森支店では女性達が一斉に抗議の退職をする。そのために支店経営が出来なくなり、近隣の支店や本部からの応援で営業を続けていた。

二月の寒風が吹く夜、退職を口にしていた女性達五人が突然、八郎の家を訪ねて来る。

「一時間以上迷った」

驚きながら招き入れると、

「小磯さんが転勤してきて様子を見ていたけど、面白いし気を遣ってくれるし、得意先課の課長さんが『仕事ができる』って褒めていたから、相談できる人と思ったの」

女性達は口々に支店の実情と不満を吐きだし、

「銀行を辞める前に支店長と組合役員に一泡吹かせたい」と言う。

北見支店の時より積極的だった。状況の違うことは組合の代議員と代表支部委員が支店長のお先棒を担いで、「体質三ヶ年計画」を進めていたことだ。北見支店の時のように複雑な戦術を取らなくても、解決に向かえるのではないかと八郎は考えた。

近く始まる組合役員の選挙を利用するのだ。支店長の手先になっている代表支部委員を突然落選させれば、銀行に対する衝撃は大きい。選挙が来月に行なわれる。換わりに融資の課長代理に投票することにする。支店長や課長と反りが合わず、女性達の愚痴の聞き役だった。

「開けてびっくり玉手箱」戦術が始まり、女性達の投票工作は秘密裏に行なわれた。投票が終わると、圧倒的な票数で課長代理が当選した。落選した当人はもとより組合の人事に干渉してきた支店長は真っ青だ。落選した組合役員の前の席に課長代理が座っている。女性達はそこに行き、役員を受けてもらうようお願いをした。

次は代議員選挙には得意先課の代議員原口に対抗して八郎が立候補した。当落は歴然としていた。本部の指示で支店長は原口に命じた。

「君を課長代理に昇格させて組合の中央委員にさせるから、小磯を何としても代議員にさせるな。不当配転裁判の証人になっている者を代議員にさせると、銀行経営と組合に大きな障害となる」

「小磯君、俺の顔を立てて代議員に立たないでくれ」

原口が懇願してきた。八郎は断った。

「君の言うことは何でもやるから」

(支店長の小間使い野郎、その言葉を誰が信用すると思っている)

「頼む」

皆が見ている前で後輩に平気で頭を下げる。八郎は原口に迫った。

「有給休暇を取らせる、極端な経費削減を辞めさせる、無理な目標を与えない、人員を増やす。

これを銀行に認めさせられますか」

「君の言うことはまったく正しい。支店長に言って認めさせるから任せてくれ」

(すでに打ち合わせ済みだな)

「俺の言うことを信用してくれ」

八郎は考えをめぐらした。

(孤立無援の組合の大会に出て自分一人で組合の姿勢を変えたり、銀行の経営施策に対決することは無理だ。立候補を辞めて支店の状況を少しでも良くする方向で考えよう)

「わかりました」

「ありがとう」

原口は深々と頭を下げた。

翌日の朝礼で八郎は全員に向かって言った。

「代議員に立候補することを辞めました。理由は私が立候補する理由の四つの要求を銀行に認めさせることを、原口さんが約束しましたから」

二十八歳の赤鬼の公言に全員が驚き、支店長は下を向いたままだった。

人事部は人員の増員を含めて女性達の要求を全て受け入れざるを得なくなり、闘いは成功した。

（銀行に怒って勇気を持って自分を主張した女性達、そして僕自身。これらの体験はきっと人生の支えとなる。スマイルズの自助論、「天は自ら助くる者を助く」のだ）

その三ヶ月後、四月に入ってきた新入行員達が八郎に言ってきた。

「原口さんが『小磯は共産党だからしゃべるな、洗脳されるから』って忠告してきましたよ」

（情けない奴だ。女性達から総スカンを食ったことをもう、忘れたのか）

八郎は昼休み時間に原口を休憩室に呼び出し、皆の前で新入行員が言っていたことを確かめた。原口は顔面を蒼白にしたまま無言だった。

「二度と馬鹿な真似をしないで下さいよ」

原口は頭を下げ気味にして部屋を出て行った。

足利は徒然草にも出てくる古くからの繊維の町だ。生糸相場の動きに巻き込まれた不安定な生活が続いていた。主要な街道から離れた土地のために人の出入りが少なく、外から来た人を容易に受け入れない。また繊維、自動車、電機、プラスチック製品の二次、三次の下請けが多く、元請から新しい製造機の購入要請が続く。その結果、生産性の向上とともに加工賃がいつも切り下げられて、金銭感覚が細かい。

これらが足利人気質となり、商売上手の関西人が「生き馬の目を抜く」と言うほど油断ができない土地だった。八郎も赴任してから一年近くに取引先に何度か痛い目にあわされていた。

貧しいが穏やかな北見の人々とは正反対だった。

共産党のアレルギーも強く、党員は農民や下請け業者、公務員がほとんどで、赤旗拡大と選挙など上意下達の課題が主な活動だった。労働者階級の前衛にも関わらず民間の労働者は少数だ。

八郎は幾つかある上場企業の工場労働者との接点を求めて、「勤労者学習協議会」を広めた。二年が過ぎる頃になって二つの経営党支部を作るが、地区委員会と闘いをしなければならなかった。

「何を中断しても党中央が求める課題と拡大目標をやることが党員の義務だ」

「党は上から作られる。地区委員長である私に集中することが党員の義務だ」と言い、事務所に詰めることを要求した。そして何でも地区委員長の意見を伺わないと自主的な活動は出来ない。一方で地区委員長の指示でやることの責任の多くは下の者が取らなければならなかった。

新参者の八郎がこのことを批判すると「労働組合主義」「経験主義」「新日和見主義」と党中央がいつも張るレッテルで、古い地区委員達が罵声を張り上げてきた。

(党の勢力を増やすのは日常的な仕事であり、拡大月間の間ではない。労働者階級の前衛党が労働現場を放棄しなければ活動が出来ないとはまったく逆転している)

北見と同様に党費や赤旗の売り上げの上納は待ったなしのくせに、末端の専従の給料は生活

郵便はがき

料金受取人払郵便

神田局承認

5915

差出有効期間
平成27年2月
28日まで

101-8791

507

東京都千代田区西神田
2-5-11出版輸送ビル2F

㈱花伝社 行

お名前《ふりがな》

お電話

ご住所（〒　　　　　）
（送り先）

◎新しい読者をご紹介ください。

お名前《ふりがな》

お電話

ご住所（〒　　　　　）
（送り先）

愛読者カード

このたびは小社の本をお買い上げ頂き、ありがとうございます。今後の企画の参考とさせて頂きますのでお手数ですが、ご記入の上お送り下さい。

書 名

本書についてのご感想をお聞かせ下さい。また、今後の出版物についてのご意見などを、お寄せ下さい。

◎購読注文書◎

ご注文日　　年　月　日

書　名	冊　数

代金は本の発送の際、振替用紙を同封いたしますので、それでお支払い下さい。（2冊以上送料無料）

なおご注文は　FAX　03-3239-8272　または
メール　kadensha@muf.biglobe.ne.jp
でも受け付けております。

保護世帯並みのうえ、いつも遅配だった。それでも「職業革命家だから」の一言で済ませていた。

地区委員長の指導のやり方を共産党中央に訴願することを望む党員達が二ケタになった。八郎は党本部に書類を持って行く。数ヶ月後、八郎たちの言い分は認められ県委員長から改善することを約束した。しかし地区委員長は一年も経たずに県委員長に出世し、やがて中央委員になった。

八郎は党活動から遠ざかった。

(銀行と共産党、資本主義と共産主義という両極端な組織に関わらず、自分の組織が巨大化することだけを求め、キャンペーンで煽りながら組織の人々に服従と忠誠心、滅私奉公を強要する。

憲法で保障している人権や権利が組織の中では軽視され、権力の横暴に唯々諾々と従っている日本人とは何なのだ。闘うことなくアメリカから人権や権利、自由、民主主義を受け取った日本人の限界なのか……。

「基本的人権は人類の多年にわたる自由獲得の努力の成果であり、自由及び権利は国民の不断の努力によって保持しなければならない」の日本国憲法九十七条の精神を生かそうとすれば、銀行でも共産党でもいずれの組織でも闘わなければならない。

僕はいずれの組織権力からも嫌われ、組織の横暴と闘おうとする人々から頼りにされる。組織権力から見れば僕は鬼だろうが、日本国憲法を学んだ者として当たり前のことをしているのにすぎない）

富士銀行雷門支店で課長が十九億円という未曾有の不正融資をしていたことが発覚した。銀行界をリードして始めた「体質三ヶ年計画」運動によって、安田銀行以来の安全第一の銀行経営が営業の最前線から壊されたのだ。

この事件を最初として銀行が軒並み破綻するまで三十年近く、様々な不祥事が起きることになる。昭和四十六年、岩佐頭取は自分の責任を口にすることなく辞任していった。

4章　義を見てせざるは勇なきなり

殺されてなるものか

当時は国内外で戦後最大の変化が起きていた。

国内では世界市場での資本取引の自由化と、一ドル三百六十円の為替の固定相場から変動相場への変更によって、日本経済が世界経済へ本格的に組み込まれた。また高度経済成長を持続するための田中角栄内閣の「日本列島改造」政策が実行され、インフレとともに国民所得と企業資産の増加を促していた。

このような国内的な動きとは別に、十年続いたヴェトナム戦争の軍事費でアメリカがドル紙幣を市場に流し続けた結果、昭和四十六年にドルが大幅に下落した。一ドルが二百七十円、二十五％の円高になったのだ。その二年後に起きた中東戦争によって、オペック（ＯＰＥＣ）が原油価格の四・五倍の大幅値上げと、二割の供給削減を実行する。このことで経済がアメリカ依存、石油が中東依存の日本は大混乱に落ちた。

輸入物価が三十四％上がり国内の消費者物価は毎月二十％急騰する。商社など大企業が「儲けるための千載一遇のチャンス」と、鋼材や建設資材、セメント、トイレットペーパー、洗剤などを買い占め売り惜しみをする。

生活物価が毎日のごとく上がって国民の生活不安が一気に高まり、大企業も物価高と円高で輸出競争力が極端に落ちることとなった。

輸出立国の日本がこの事態を乗り越えるためには、自己資本比率が二十％にも満たない大企業の経営体質を強化する以外ない。労働力以外に資源のない日本が進むべき道は、輸出競争に勝てる付加価値の高い製品を安く作ることだ。そのために「能力主義管理」を取り入れる以外ない。この施策に反発したり働きの悪い工場労働者を自主的に退職させ、退職しない者は子会社のセールスマンにして慣れない仕事を与えて過大な目標で縛る。そして辞めるように仕向けた。日経連の方針が急ピッチで実行されることとなった。

日経連の桜田は戦時中の「産業報国運動」を企業経営に持ち込もうとした。ナチス・ドイツは労働組合など労働者のあらゆる組織を「ドイツ労働戦線」に統合している。世界大金融恐慌と満州事変の危機を背景に、日本はドイツを学んで五百五十万人の労働者を「産業報国会」に組織した。

大東亜戦争勃発の一年前、国は「勤労新体制確立要綱」を国民に公布して、「国家生産力の増強のために企業は全勤労者の創意と能力を発揮させるように、労使一体となる運動体を作る。その中で労働者各人は秩序と服従を重んじて、創意的で自発的に最高度に効率的に働くことを喜びとして、自分のすべてを発揮する」ようにと発表した。

これを受けて「産業報国会」で「産業報国運動」を行った。ソ連で行なわれていた「社会主義生産競争」から学んだ施策だった。日本全国の工場で「生産力増強運動」「職場の規律確立運動」など幾つかの運動を同時に行い、キャンペーンで競争を煽る。そして運動期間が終わると個人、グループ、工場を対象に大々的に顕彰した。

戦争末期には労働意欲を煽るだけでは生産は間に合わない。国は「職場の兵舎化」を指示して上官への絶対服従下で、労働者個々人を目標の必達と信賞必罰で統制した。

昭和二十年に入ると職場を「決死勤労態勢」に組織替えして、脅迫と暴力で玉砕的な労働を煽る。やがて五ヶ月後の八月には全ては崩壊した。

日経連が呼び掛けたこのような「産業報国運動」に富士銀行が本格的に取り組み始めたのは、昭和五十年に頭取が松沢卓二に替わり、八郎が浦和支店に転勤してからだ。預金高でトップの座を奪われた住友銀行から、その地位を奪還する戦いを挑むためだった。

最初は「社会主義生産競争」同様の運動で始めたが、昭和五十三年の円の急騰と翌年の第二次オイルショック後には「職場の兵舎化」に変化して、やがて玉砕的な決死勤労態勢となった。バブルが崩壊するまで戦時中の「産業報国運動」の経過と変わりなかったのである。

戦後は二流銀行と言われた住友銀行が、三十年後にどうして富士銀行からトップの座を奪えたのか。頭取に就任した堀田庄三は昭和二十七年のレッドパージの時に、脅迫的な手法で従業員組合を銀行の翼賛組織に変えた。その後二十五年の間、役員や支店長を誰の目にも明らかな信賞必罰で処遇して自分への恐怖感を煽り、収益などあらゆる経営項目で「行員一人あたり、一支店あたりで銀行トップ」を経営施策の柱としたのである。

昭和三十年代後半に入ると全ての経営項目に予算管理制度を導入して、目標達成を煽って全行員を信賞必罰で評価した。堀田が二十五年間行ったこの人事と経営が「住友イズム」と呼ばれる住友銀行の体質となった。

「仕事の壁にぶち当たったら自分で退路を断て」「錐の先はあくまで尖らせねばならない」「向う傷は問わない」「朝昼晩、寝る前に百億円増やすぞ、と真剣に念じればその気になる。そうすれば出来るのだ」と、歴代の頭取や支店長達は部下達を前に発言し、服従しない者を見せしめ的に苛めた。

倒産間際の東洋工業、伊藤萬、アサヒビール、大昭和製紙には常務など十人近くを送り込んで「住友イズム」の精神で再建するが、その徹底さを見て住友グループ内の大企業の多くは住友銀行とは一線を置いていた。

このような「住友イズム」を、「産業報国運動」とともに富士銀行は模倣したのである。

昭和五十年、浦和支店に転勤した八郎の仕事は、相変わらず業績が上がらない遠隔地の外回りだ。得意先課と融資課の男ばかりが二階の一室に押し込められている支店だった。

北見、足利で女性達が八郎を頼って闘いを起こしたことを銀行が学んだ結果だ。

両課長とも四十二歳の同期で経営職へ出世するか否かの正念場にあった。そのために互いに張り合い、そのストレスを部下に吐いていた。得意先課の山崎課長は業績が上がらないことを怒鳴り散らし、融資課長は書類の書き方の揚げ足を取っていた。

八郎は初日から嫌な支店に転勤したことを知った。仕事は始業一時間前にはじまって終わるのは夜十時過ぎにも関わらず、残業の申請は一日一時間半だ。近隣の支店では残業の申請時間は浦和と変わらないが、出勤は始業の三十分前で終業は夜の八時だった。

(やはり北見と同様に実験的な支店かな)

八郎はそう思いながら、始業時間の十五分前に出勤して夜の八時半までには帰った。それでも一ヶ月の残業が予算時間の三十五時間以上になり、課長は八郎の予算外の申請時間は同僚のカットで辻褄を合わせていた。

三ヶ月を過ぎると得意先課員達が課長に秘密に集まった。夜十時過ぎまで働かなくても済むためには、残業時間の申請を正確に書こうと決めたのだ。ところが打ち合わせた翌日、残業時間を正確に申請したのは八郎と転勤してきたばかりの後輩だけだった。

「半人前なのに、何を考えている」とその後輩は山崎から怒鳴られた。ほかの四人は山崎を目の前にすると蛇に睨《にら》まれた蛙のように恐怖心が蘇って書けなかったのだ。

松沢卓二が頭取に就任して六ヶ月後から、「全店ニューチャレンジ運動」「三Ｆチャレンジ運動」「プレ百周年預金増強運動」「躍進富士スタート大作戦」と、一年半ごとにキャンペーンが張られた。住友銀行との本格的な戦争が始まった。

自分より五歳若い部長代理から煽られ、脅かされるように目標達成を命じられた山崎は、

「生意気な野郎だ！」

と怒り、部下に対して傍若無人に振る舞うようになった。

「まだ夜十時だ、これから外訪して個人定期目標の不足分を取ってこい」

「日曜日だって休まなければならないことはない」

「馬鹿野郎、お前の脳みそは腐っている」

「俺の命令を聞けないか、明日から出てくるな」

「銀行をとっとと辞めろ」と、算盤やバインダーを投げて部下達を脅迫した。

遠距離通勤の二人は帰宅できなくて市内に下宿する。課長代理は書痙《しょけい》になり、筆頭課員は結核を再発し、八郎は夜九時にいつも食べたインスタントラーメンで胃腸カタルになって、一週間休んだ。

そのくせ山崎は支店長の前に立つと直立不動の姿勢で、叱責に手を震わせていた。

支店長は慶応を出て出世コースを歩いていたが、部下の不正融資を見抜けなかった責任を取らされて役員への昇格が出来ず、支店長のまま据え置かれた。浦和支店担当の常務は同期でありながら自分を指示する立場になっている。その屈辱もあって出世のために自分におべっかを使う課長を嫌い、八郎の義侠心と仕事上の力量を買っていた。

その結果、八郎は企業の新規取引も担当するようになっていた。

八郎は職場での鬱積した気持ちをベンチャー企業のオーナー達との語らいで晴らした。幾多の困難を乗り越えてきたオーナー達の体験と発言、自信に八郎は勇気をもらった。

とはいえ、タコ部屋で長い間生活していると反抗心も萎えてくる。日中、車の中や喫茶店で一、二時間眠らないと身体が持たない状態だった。

ある昼食時間に支店長が得意先課員の体調を八郎に訊ねてきた。八郎はそれ以降、密室での二人の課長達の横暴な態度について報告するようになった。

このことを知った山崎は八郎に対して獣のような目つきで睨《にら》み付けた。

「これからどうなるかは俺の胸三寸だ」

八郎はこの言葉を待っていた。真綿で締められるより精神的に良い。

「課長の部下指導のことを支店長に話しています。課長が私をどう思おうとかまいません」

山崎の顔から血の気が引き大声で喚き散らす。隣の男達の密室に筒抜けだった。

やがて融資課の課長が昇格しないまま本部に転勤した。その一ヶ月後に、副支店長への昇格を確信していた山崎が課長のまま川口支店に転勤発令を受ける。左遷だ。居た堪らなくなった山崎は送別会を断った。得意先課員のみならず支店中が大喜びで、強引さに辟易していた取引先も笑顔を見せた。

その数ヶ月後に「俺の家に遊びにこいよ」と八郎に言って、支店長も本部に転勤する。

当時、取引先から「なぜ小磯君を昇格させない」という話が支店長や副支店長に出ていた。また八郎から仕事を教わりながら課長代理に昇格していった後輩も二人おり、同僚達からも同じ疑問が口に出されていた。

しかし三十五歳になっても八郎は最低の評価だ。

新しく赴任した支店長が八郎のために宴席を設けた。銀行への忠誠と引き換えの昇進への誘いだ。それは創業百周年運動を前に、前任の支店長からの評価が高い赤鬼の牙を抜いておこうとする人事部からの指示だった。

八郎は悩み深い日々を送ってはいたが、

「命もいらず名もいらず、官位も金も望まぬ者は御しがたきものなり。御しがたき人にあらざれば艱難をともにして国家の大業を計るべからず」の、西郷隆盛の言葉を心の支えとして踏ん張っていた。

「プレ百周年預金増強運動」の決起集会での宣誓の話が八郎に来た。浦和ブロック内の十支店の代表として、常務や部長達の前で宣誓する栄誉を与えられたのだ。

（富士銀行をタコ部屋に変えてしまって、それを認めさせる宣誓をさせようと言うのか。ふざけている。よし、僕もふざけて宣誓してやる）

赤鬼の反抗心が燃え上がってきた。

ブロック内の支店長、課長、得意先課、融資課の全員、男達百人以上が日の丸の鉢巻を締め血書をしたためて浦和支店に集まった。

「支店も全力を挙げて頑張ります。本部の方々も一線に出てともに預金増強に汗を流しましょう」と常務や部長を前にして八郎は宣誓をした。

本部から来た面々は八郎を睨《にら》む。笑顔で返した。

翌日から支店長は自分の席に座ったまま打ち沈んだ。八郎の言葉に怒った常務と部長に締め上げられたのだ。一ヶ月後、出勤途中の電車の中で支店長が心筋梗塞で亡くなる。

「小磯が殺したのだ」

転勤して間もない得意先課の課長代理が言いふらした。

新しいキャンペーンが始まるたびに目標は上がり続け、タコ部屋は生き地獄になっていった。

八郎は自分を見失いそうだった。

（こんな銀行員生活がこれからも続くのか。知性と良識と安定を求めて入った銀行がまったく反対になっている。自由闊達、実力主義とは石橋を叩いても渡らない富士銀行を、住友銀行のように腐った橋でも渡ってしまうようにすることだったのか。

このような経営が続くなど考えられない。いずれ崩壊する。

そんなことより、このまま富士銀行に勤めていれば自分の心身は壊されてしまう。こんな長時間働けばどんな仕事でも食っていかれる。

取引先からの誘いはあるけど社長から期待されるような能力は僕にはない。と言っても独立できる資格もない。どうすれば良いのだ……）

昭和五十五年の富士銀行創業百周年目に「躍進富士スタート大作戦」が始まった。

「打倒住友銀行のキャンペーンが始まって五年余りになるが、最後のこのキャンペーンでリーディングバンクの地位をどうしても奪還する。そのためには血の小便を出すことになるが、今までの三倍働いて二倍の実績をあげてもらう。一億一心、火の玉になって突撃だ！」

松沢頭取が日の丸の鉢巻きをした全役員と玉砕特攻の杯を交わす。

次にその役員が支店長達と、支店長が部下達に同じことをした。

そして軍歌「同期の桜」と労働歌「ガンバロウ」で拳を天に突き上げた。

富士銀行崩壊への大セレモニーだった。

（従業員の玉砕を口にする仕事など異常だ。でも誰も声を上げて闘おうとしない。銀行を辞めることはいつでも出来る。自分一人でも正面から闘う以外ない。銀行と玉砕する気なら何とかなるだろう。

アンドレ・ジイドの「狭き門」では「狭き門より入れ。滅に至る門は大きく、その道は広く、これより入る者多し。命に至る門は狭く、その道は細く、これを見出す者は少なし」と聖書の言葉が書いている。これこそが信じて歩む道ではないか……）

あれこれ考えあぐむがなかなか踏ん切りがつかない。八郎は悶々とする日を送った。

そんな時に、

「仲川さんが脳溢血で危篤だから見舞いに行け」

父義之から修三が入院している病院を電話で知らせてきた。

死ぬ間際になって三十四年ぶりの再会をさせる父が恨めしかった。

傍らに行くと笑みを満面に浮かべた修三が八郎に向かって何かを言っている。

「昨日、お父ちゃんが『友遠方より来る、また楽しからずや、の予感がする』って、言っていたのよ。『言うとおりだろう』って喜んでいるわ。八郎、手を握ってあげて」

勝子が言う。修三の目から涙が絶え間なく流れていた。

(たった四、五ヶ月しか一緒じゃなかったけど、心の父親は修三お父ちゃんなのだ。早く再会していれば……)

八郎の涙も流れて止まらなかった。

修三は社会党の委員長になった飛鳥田横浜市長のブレーンとして、八郎の年に近い若者数人を市会議員に当選させていた。一緒に活動していた勝子は昭和四十六年の日中国交回復国民会議の第一次訪中団の一員となって、訪中している。

(修三お父ちゃんの志を継ぐことが助けられた恩義に報いることで、僕の人生を全うする道だ)

修三の寝顔を見ながら自分の歩んできた三十八年の人生を改めて振り返り、八郎は覚悟が出来た。

鬼になって蘇る

現在進んでいる創業百周年大運動の歯止めをしなければならない。そのために「創業百周年大運動『躍進スタート大作戦』を監視する会」を結成することにした。この名前で極力多くの支店に告発を促すビラを配り、キャンペーンにブレーキを掛けようと考えた。

二宮と会うと八郎の呼びかけに応じた。「不当差別をなくす会」を五人で立ち上げ、地方銀行の人々と「差別をなくす」共闘をしていた。共闘している組織にビラ配りを協力してもらえるのだ。

「監視する会」への参加を求めて東京の党員達とも会った。しかし彼らは自分の権利を守ることと共産党の宣伝活動しか頭にない。富士銀行と住友銀行との戦いが銀行業界全体を異常にしている認識が乏しかった。

「赤旗を増やし選挙に勝つことが問題の解決になる」と言い、「二宮はトロツキストだ」とレッテルを張ってこき下ろした。

（匿名の告発を元に国会でサービス残業の追及をいくらやっても、労働現場の党員が経営権力との闘いを軽視していては職場の中は変わりっこない。法律を盾にした身体を張った闘いと、闘う人々を増やす体験、これらを通じて人は成長し権力はやがて変わる。人権、自由、民主主義はその成果だ。この茨の道を歩まない者が権力側につけば、権力に反対する者に対してレッテルを張って脅迫と暴力、粛清で排除するのだろう）

（党員として十五年近く在籍したが、人間の価値は思想ではなく誠実さであることを知ったこ

とは意義あることだった）

頭で考えた理想のために現実から遊離した行動を取る人間の怖さを感じて、八郎は共産党を離れた。そして八郎は赤鬼から銀行を相手に闘う鬼になって蘇ることになった。

「監視する会」への実名を挙げての参加は「不当差別をなくす会」の五人だけだった。そのために運動は一体化して進んだ。まず二宮の指示に従って、八郎は支店長と人事部に自分の人事評価の根拠を問い、差別を是正するように申し出た。すると八郎への目標と残業の強要はなくなり、二ヶ月後には池袋西口支店に転勤になった。

一日の来店客が二千人を下らない駅前支店で、来店客数では銀行内では一番だった。窓口は犯罪防止にフィルターが付けられ、午前と午後に警察官二人が店内を巡回している。

「おでこにも目をつけて！」

慣れない窓口での接客と事務処理に手間取っている八郎に隣の女性が叱咤した。

次から次へと差し出す客からの現金や通帳で、カルトン（現金や伝票の受け皿）が二十枚以上に積み重なる。事務処理をしていると客の依頼を受けられない。窓口の主任をしているその女性は客とのやり取りをしながら手元の機械を見ることなく操作して、溜まったカルトンが瞬く間になくなる。手際の良さに八郎は驚いてしまった。

（こんな仕事量では強く自己を主張しなければ自分を守れない）

一ヶ月が過ぎる頃になると仕事にも慣れ、女性達がさっぱりした人達ばかりであることがわかった。女性達も八郎が課長の話していたような悪い人ではないことを知る。

「小磯には仕事を容赦なく与えてくれ」

課長から言われていることを主任の女性が教え、八郎に支店長や課長の不満をこぼすようになる。すると為替の窓口に係替えとなった。一日三百人以上の二列になって外まで並んでいる来店客を二人で処理していた。窓口に座った女性達は機械の固いキーで軽度の頚肩腕障害になり、係替えになる者が少なくない。

一週間ばかりで八郎も指と腕に痛みを感じ出す。

(このままでは頚肩腕障害になる)

八郎はボールペンの尻に布を巻いて機械を打つ。しかし絶え間ない来店客と事務処理、苦情に不安神経症と高血圧で倒れ、一週間入院した。

客がカルトンを投げて隣の女性のおでこに怪我をさせる。その数日後に八郎にも客とのトラブルが起きた。落語家が為替手数料の根拠を長々と聞く。並んでいる客の仕事を処理しながら答えている八郎を、課長は聞き耳を立てながら知らぬ振りをしていた。

それを知って八郎は居直った。

「頭取なら詳細を知っているかもしれませんよ」

「よしわかった。聞いてみる。理解できない説明だったら落語のネタにする」

捨て台詞《せりふ》を残して落語家が去った。午後三時を過ぎると本部から二人が来た。

「小磯を処分できるトラブルだ」と判断したのか、聞き耳を立てていた課長が微笑みながら八郎にいきさつを聞く。六時になると副支店長と課長が落語家の家に菓子折りを持って謝罪に行き、十時過ぎになって疲れたように帰ってきた。

責任のある地位の二人の理解できない説明に、落語家を激怒させてしまったのだ。

八郎は平日の六時過ぎには仕事を終えていたが、得意先課や融資課ではカプセルホテル泊まりが多かった。融資課の行員が新婚旅行を終えて出勤し出すと、週に二、三日は帰らなくなった。新婚一ヶ月にもならないのに不倫、離婚騒動に発展する。妻の父親が銀行に赴いて支店長から事情を聞いて収まった。

新入行員も夜十時過ぎまで帰されない。池袋西口支店に入行した東大出身の新入行員が三ヶ月勤めると、ほかの支店の東大の新卒者共々退職していった。お願いして入ってもらった頭取候補生達を失ったのだ。

「小磯が扇動した」

人事部は八郎のせいにした。

「富士銀行に働く皆さん、苦しいことがあったら『創立百周年運動、百十番』へ。怒りと勇気こそ事を解決します。あきらめや忍耐だけが人生ではありません」と書いた「創業百周年大運動『躍進スタート大作戦』を監視する会」のビラを全国の支店に配る。

すると「支店の得意先課員の六割が疲労と病気で倒れている」「支店長が部下を拳骨で殴った」「課長と部下が殴り合った」「上司と女性行員が不倫している」「集金した現金を得意先課員が盗んだ」「出勤時間に行員が鉄道自殺した」「同じ支店で一年近くの間に三人の役席が死亡した」と、様々な話が入ってきた。

このような事態になっていても松沢頭取は「富士銀行では静かな百周年です」と産経新聞を通じて国民に公言して、退任した。

「創業百周年運動」が終わる。八郎は「監視する会」を解消して「富士銀行・労働基準法を学び、広め、守らせる会」を作った。と言っても「差別をなくす会」の五人は自分の差別を改めさせる目的が第一で、「監視する会」でも「労働基準法を守らせる会」でも、その名刺を使って活動しているのは八郎一人だけだった。

八郎が勤務する池袋西口支店で、残業時間カットを指示されている女性達の残業申請書を見つけた。

「労働基準法違反ですから、申告書を持って監督署に申告します」と、新任の課長に言う。すると人事部研修課出身の支店長と組合執行部出身の副支店長が来た。

「課長そんなことしてまずいよ」

「申し訳ありません」

(田舎芝居だ)

八郎が支店長に言う。

「本当は支店長が命じたのでしょう」

「僕がそんなことするわけはない」

「私が一存で指示しました」

課長はすぐに答える。

「支店長、法律違反はいけませんよ」

部下達に優しい課長のことを考えて支店長に一言告げてから引いた。女性達から感謝の言葉が返ってきた。

「差別をなくす会」の二宮達と、得意先課と融資課の男性達の残業代カットの申告を東京労働基準局に申告した。その数ヶ月後に基準局に呼ばれる。

池袋西口支店では男性達は監督官の面接に「勉強をしていた」「酒を飲んでいた」「麻雀をしていた」と答えていた。ほかの支店でもまったく同じだった。申告された支店の情報を基準局が事前に人事部に話していたので、男性達は口裏を合わせていたのだ。

「黒に近い灰色だが、はっきりした証拠がないと証言だけでは法違反を立証できない」「銀行には注意した」

このように監督官は答えた。監督官の子供も銀行員だったので、残業カットは承知をしているのだ。違法行為をはっきりと認めない監督官を二宮は執拗に責め続けた。

（そこまでしなくても……。例え監督官が認めたとしても、信賞必罰の人事を恐れている者が多ければ続くことだ。残業代カットの申告は違法な銀行経営を社会的に糾弾するための一つの手段にすぎない）

八郎はこんな思いでやり取りを聞いていた。

銀行は違法行為を申告された支店だけ「決起集会」の残業代を払うようになった。

従業員組合の執行部に六人が立候補した。「不当差別を撤回させる」「正当な残業手当を払わす」「権利を擁護する」「労働基準法を守らせる」など政策の一字一字に、選挙管理委員がクレームを挟んだ。

六人が勤務する支店では候補者の名簿と政策、顔写真が載っている組合機関紙が配られ、銀行と全面対決した政策に大騒ぎになる。しかしその外のほとんどの支店では機関紙が組合員に配られないままだった。

八郎達は代議員の投票が行なわれる組合の大会に傍聴に出かけた。二十年ぶりの大会だが、職場の実態とは無関係な執行部方針の翼賛大会に変わっていた。議事と選挙の不公平を告発する八郎達と、傍聴発言をする者を大会妨害者と決めつける数人の代議員、これらのやり取りを代議員達は傍観者のように聞いていた。

従来は大会会場でやっているにも関わらず、六人がいない部屋に全代議員を移動させて投票をした。その結果、我々への投票は委員長に一票のみだった。六ヶ月後には書記長に一票となる。いずれも別称「人事部組合課」の偽装だ。三度目には選挙規定が変えられて立候補出来なくなった。

次に株主総会に出席した。待合室にはやくざ風体の男達が親分を囲んでいる。そこに頭取が来て頭を下げ、総会が始まった。八郎達が座った席の傍には子分達が座っていた。

「そうだ！　異議なし、よし！」

総会屋の子分達の大声で議案の審議が進む。

「おい、誰も発言しないじゃないか。奴等はどこにいるのだ？」

親分が聞いてきた。

「そこですよ。そこ」

一人の子分が八郎達を指差した。

総会が終わると、総会屋達の前で頭取や役員が緊張気味に挨拶をした。

（きっと大金が渡されるのだろう。社会的な公器が社会的な悪に守られて総会をしなければならないとは……）

八郎は富士銀行の変わり果てた体質と自分達の威力を改めて感じるのだった。

毎年、「差別をなくす会」では頭取宛てに「差別待遇是正に関する要請書」を出す。当然のように「差別はしていない」との回答だ。

しかし今回は共産党員達の昇進、昇格が一斉に行われた。

「改善について支店長との長年の話し合いの結果で、党の方針が正しかった」と党員達は自画自賛した。

（無害の褒賞であることをわかっちゃいない）

あまりの能天気に八郎は呆れた。

「差別をなくす会」の向井が新潟支店で出納係の主任をしていた。二万円の現金不足を発生させると、

「今後現金事故を起こしたら注意処分する」と支店長が警告してきた。異例な注意処分発言に、二宮達は人事部に抗議に行った。

次に百万円の不突合が生じた。向井の配下の女性二人の身体検査とロッカー検査がおこなわれ、続いて彼のロッカー検査を求めてきた。拒否すると「警察を呼ぶ」と支店長が脅かしてき

た。翌日理由がわかるとともに向井は十四歳年下の部下として発令される。

いずれも向井と「差別をなくす会」への嫌がらせで放置するわけにはいかない。向井の地位改善を求めて新潟労働基準監督署に訴え、マスコミ数社に取材要請をして大きく報道してもらう。地方銀行の人々の応援も得て市内で一万枚のビラを配り、新潟支店に抗議行動をした。

向井は自分の不注意で現金事故を起こしたことを、支店長など上司に謝罪していないことや、ヒステリックな性格で職場の人々から敬遠されていることが八郎の耳に入ってきた。

そのことを「差別をなくす会」の会長の上野に忠告すると、

「向井のことなどどうでもかまわない。徹底的にやれ」

その言葉に煽られるように二宮は副支店長を激しく攻撃し続けた。しかし闘いは労働基準監督署のあやふやな回答とともに、向井が都内に転勤することで終わる。

ほとぼりが冷めた頃、仕事で頚肩腕障害になった三井銀行行員の応援に行った二宮は支店の窓口で感情的に抗議を続けて、警察に捕まる寸前に矛を収めた。

再び株主総会の時期になり、対策を協議した。

「俺が発言するから、みんなで周りをガードしてくれ」と二宮が言う。

「そこまで対決する必要性はない。出席するだけでも十分の圧力だ」

八郎は反論するがほかの者達は黙っている。八郎は総会に出席しないことを決めた。

（十五年前の二宮ではない。自分の感情を抑制することを知らない。これでは職場の人が共感できない）

「富士銀行・労働基準法を守らせる会」の会報を八郎は毎月書いていた。

「禁じられている歩積両建（貸した金をそのまま預金にさせて払い出させない）の問題が発覚したから、会報に書いてくれ」と、上野が言う。

「労基法の問題でないから」と渋ると、

「問題が起きれば俺が責任を取る」

記事を載せて支店で配った。すると上野が卑怯な電話をしてきた。

「人事部からクレームが来た。小磯が勝手に書いて配ったと言ったから、うまくやってくれ」

そのすぐあとに副支店長が八郎を脅かした。

「事実ですから、出るとこに出てやりましょう」

反論すると、副支店長は引き下がった。

上野に会って抗議すると、上野は自分の判断で組合執行部の者達と酒を飲みかわして、会員五人の情報を漏らしていることがわかった。

もう一人の者も酒に溺れて二度警察の留置所に入れられ銀行の保証で出てきており、情報を流している様子だ。このような二人と二宮、向井。八郎は彼らと行動を共にする危うさを感じて「差別をなくす会」を離れた。

激震が地球を巡る

父義之が七十一歳で亡くなる。父の亡骸《なきがら》の前で妻の美津は言った。

「私は夫を兄弟と思っていた。私には若い頃好きな人がいたのよ」

そして看護婦が亡骸《なきがら》に白衣を着せようとすると、

「いま着ている浴衣が良いって、遺言で言っていたから」とケチった。

金に眩んで妻に迎えた美津の言葉を父はどう思っているのか、八郎は聞いてみたかった。

人事部出身の支店長から香典をもらう。中を見るとセロテープでベタベタ補修してある五千円札が入っている。鬼への恨みだろうが、八郎には富士銀行のまともでない経営体質を感じた。

その数ヶ月後、役員候補の支店長はやくざの脅かしに怯えて、部下の見ている前で支店の外に逃げ出した。すぐに大阪事務部の閑職に左遷される。

東海銀行の活動家から銀行労働の研究組織を紹介された。

戦後、全国の銀行の組合が単一上部組織である全銀連（全国銀行組合連合会）に組織されていた。その全銀連が解散した時に傘下の調査部を継承した組織が銀労研（銀行労働研究会）で、銀行に入った当時に自分が望んでいた調査部を見つけたような思いだった。

（遠まわしでも銀行の中でやられていることを社会的に広めることしか、経営体質を改めることは出来ない。そのためには実名で文章を書くことが手っ取り早い）

一人で活動をやりだしてから八郎はこのように考えていた。その機会に巡り合えたのである。八郎は自らの体験を脚色した平均的銀行員の物語、「優秀得意先課員」を銀労研発行の『ひろば』に六ヶ月連載した。読者の反響は凄かった。次に都市銀行五行の人々に呼びかけて、実名で『怒り燃え闘いはじめる時』を出版する。各銀行の人事部を含めて予約が入り、千部が一ヶ月を経たないで完売した。これらの体験で文筆活動の効果は計り知れないことがわかった。誰も本格的に取り組んでいない分野に八郎は集中することにした。

理事の泉谷甫、及川徹の二人は東大を卒業して調査部に入っており、全銀連が解散した時に調査部のほとんどの人は大学や研究機関に移り、リーダーの二人が残っていた。

銀労研発行の「調査時報」で論文を書き出すと、泉谷から声が掛かってきた。

「有斐閣から出版するから、銀行について共同執筆しないか」

これは学生を対象とした『現場からの職業案内』で、法政大学で学んだ芝田進午広島大学教授が編集する本だ。執筆者のほとんどが労働現場の体験がない学者だった。初めての出版に八郎は燃えた。期待に沿うドキュメント風の作品となり、本屋で自分が書いた本を手に取る喜びを初めて味わった。

続いて女性労働問題の一人者である柴田恵美子から、学陽書房で出版する『女たちの衝撃』に銀行労働について書くように依頼された。執筆者は現場労働に携わっている人々だった。資料と体験をもとに書いた。

出版してから学陽書房の編集委員が話してきた。

「小磯さんの体験を出版できたらと思って編集長に話したら、『富士銀行からお金を借りているから駄目だ』って、断られてしまった」

八郎は都市銀行の内部を明らかにするためにシナリオ、漫才、落語などの原稿も書く。マスコミや研究者からの取材によって銀行労働がどんなものなのかが次第に社会的に知れ出したが、現場は変わらないままだった。

(変わったのは自分だけかも知れない)

八郎の知名度が広がった。争議行動をしている人達が池袋西口支店前に来てビラを配り演説をし、時には窓口に座っている八郎に挨拶と支店長に差別の是正要請に来るようになった。

すると銀行は争議団が来そうもない交通の不便な千束町支店に、八郎を転勤させた。

大蔵省から要請されたバブル期の不動産融資の実態資料作りで、全国の支店が何日も残業続きだ。赤旗からの取材の期限が来たので八郎は残業をしないで帰った。すると翌日に課長から「仕事に協力するように」と日誌に書いてきた。

「申し訳ありません。残業続きのために前から依頼されていた『赤旗』からの取材を受けられずにいました。『残業代カット』の記事を新聞に載せる期限が迫りましたので帰りました。明日も別の取材がありますのでよろしくお願いします」

「大手都市銀行もうかるはず。残業百時間、手当二十時間分」の大見出しの記事が赤旗の日曜版に掲載された。

過労死という言葉がまだ一般的でない時に、富士銀行兜町支店で女性が過労死した。

「富士銀行の労働実態を裁判で証言してくれないか」

担当した川人博弁護士から依頼された。証人申請すると銀行は八郎の証人を回避した。この訴訟が契機となって「カロウシ」という日本発の言葉が国際的に広がった。

ジャーナリストの岩瀬達哉から体験を本にすることように打診される。

「受けてもらえる出版社があるのか」

「晩聲社だ」

今まで書き溜めてあった資料を駆使しながら原稿を書く。

原稿を出して一年以上経った。バブル経済がはじけて株や資産が暴落して銀行の犯罪行為が次々に出てきたのに音沙汰がない。急いだ岩瀬は八郎に言う。

「講談社を紹介するがどうか」

晩聲社に原稿を返してくれるように言うと、

「出版する」と返事をしてきた。

それでは、『『月刊現代』に文章を書いてくれ」と講談社から言われた。

「アンタッチャブル行員の日記　現役富士銀行員小磯八郎」という大文字が電車の吊り下げ看板に載った。宣伝の反響の凄さに驚いた銀行は「版を買いたい」と申し出たが、講談社では断った。店頭に並ぶと銀行は買い占めに走った。このことを知った晩聲社は千部を印刷した。

朝日新聞から取材をうけた八郎が出版の話をすると、予告記事として載せた。その記事を読んで驚いた人事部の副部長が、

「出版を辞めてくれ。共に行内で努力しよう」

と申し出てきたが、八郎は断った。

「私は平行員で行内では何も権限がありません。銀行を良くするために、せめて本を出版することで協力します」

『富士銀行行員の記録』の出版で日本中が激震した。

大手の書店の店頭では数分で売り切れたが、その後店頭に本が出ない。金がないためか出版社は二、三千部ずつ印刷していた。

（銀行を巡る事態を社長はどれほど知っているのか。儲けられるチャンスなのに……）

PROFILE

The book: *Memoirs of a Fuji Bank Employee*

Koiso's 30-year battle for better working conditions

BY ROBERT GUEST

HOME DELIVERY IS a service traditionally offered by Fuji Bank to its customers living in remote rural areas. A bank employee is sent to the customer's home carrying any money that the customer wants to withdraw, and collecting any deposits. In winter, this is not a popular task, which is why the bank gave it to Akio Koiso.

This was in 1967, when labor agitator Koiso was working at a branch of Fuji Bank in Kitami, Hokkaido, where winter temperatures reach minus 25 C. He had been transferred there by the management in an attempt to make him quit.

He was made to cover 8 km in the snow before lunch every day. Normally the bank would have provided someone doing this job with a car, or at the very least, a motorbike. But Koiso was only given a bicycle.

For an entire month, he slogged through the snow fighting frostbite and exhaustion until, finally, he began to worry that the effort was going to kill him. Most people would have quit at this point, or earlier. But Koiso decided to organize a protest instead.

Robert Guest photo

Koiso for calling him a thief, he demanded that he sign a written apology for failing to train the cashier properly. Koiso signed, but from then on, he set about campaigning for better treatment for the bank's employees with added vigor.

His agitation took the form of writing articles and organizing union activities, as well as writing complaints to the Diet, the Ministry of Finance and labor unions. This was the agitation that got him banished to Hokkaido.

The results of long working hours at their most extreme can be seen in the recent rise of *karoshi*, death by overwork. A woman friend of Koiso has died of karoshi, as has the manager of Fuji Bank's Kobe branch. Another employee threw himself into a river because he couldn't stand the stress of working so hard. The man's parents were quoted in *Akahata* as saying he had been "killed by Fuji Bank."

Koiso campaigns relentlessly for reduced working hours. "It is absurd that banks in Japan should be wasting their breath on lofty subjects like internationalization, when there are such basic problems to be solved as

イギリス・エコノミスト

銀行員の八郎には考えられなかった。

国内の新聞、雑誌、写真雑誌、テレビ、ラジオと毎日三、四社の取材が半月ほど連続する。次に海外十数ヶ国から二十の新聞、雑誌、テレビ、ラジオなどの取材が途切れることなく続いた。波が引くと雑誌の原稿依頼と講演だ。支店の窓口に面識のない人が八郎に会いに来たり、どこで知ったか電話が絶え間ない。八郎は休む暇さえなくなり一時は声も出なくなった。三ヶ月以上続けてのベストセラーだった。

日本のマスコミの取材内容は銀行の中で行なわれていること、バブル経済を演出した銀行経営の問題、政府の金融政策、それを実名で告発した八郎という人物の紹介だった。

海外からは集団主義に浸っている日本人の中に「侍がいた」驚きと、エコノミック・アニマルの実態、過労死の原因の取材だった。イギリス、ドイツ、フランス、イタリア、スペイン、アメリカ、カナダなどの著名な新聞と雑誌は大見出しで八郎を紹介し、イギリスのテレビBBCでは二度の取材となった。
偶然テレビを見るとフランスの昼のニュースで取材された映像が写されていた。

イタリアの出版社二社から『富士銀行行員の記録』の海外版の出版依頼が来た。一社は最大手でヨーロッパ全域に販売網を持っている会社、もう一社は潰れそうな会社だった。版権を持っている出版社は、

「うちと同じような信念で出版している」

と、潰れそうな出版社に依頼する。やがてそのまま連絡が途絶えて本当に潰れてしまった。これで海外版の夢は消えた。

「何冊ぐらい売れましたか？」

六ヶ月が過ぎてからマスコミから聞かれた社長は、

「四万冊程度かな」と八郎の顔色を伺うようにして言った。

サバを読んでいることを八郎は直感した。

「行員の記録」の印刷が一段落すると、

「書き溜めた原稿を出版したい」と言ってきた。銀労研で書いてきたルポや論文を渡す。八郎は本の題名にルポとして書いた「住友銀行の事業は人なり」の題名を望んだが、

「取引銀行だから駄目だ」ということで、『銀行はどうなっているのか』という平凡な題名で出版した。次にシナリオ、『喜劇、金だ、出世だ、サラリーマンだ！』を出した。いずれも大して売れなかった。

エコノミック・アニマルの死

バブル経済の発端は昭和六十年に、貿易赤字と財政赤字で苦しんでいるアメリカ経済を救うため、先進五ヶ国が自国の内需を喚起する「プラザ合意」を決めたことに発する。対米輸出が圧倒的に多い日本は主導的に動くことを要請され、日銀から都市銀行を経由して市場に低金利の大量の資金を流す金融政策が取られた。生産活動に必要にない大量の資金は資産の購入に使われることになった。

購入すべき資産を銀行から紹介され、それに見合う金を貸された企業と中産階級の人々は、「金儲けの千載一遇のチャンス」と判断した。株式、土地、建物、ゴルフ会員権、生命保険、絵画、高級車、アメリカの企業、建物、土地、絵画などありとあらゆる資産を買い占め、高騰させたのである。住宅地や株式は五年間に三倍、企業の海外投資額は六倍、円は一ドル二百五十円から百二十円と二倍に上がった。

この金融政策を率先垂範したのは大手都市銀行自身だった。銀行株の増資を次から次におこなって株価を三倍にして銀行の資産を増やす。担保価格が上がることを前提に無制限に貸し付け、銀行の儲けを増やし続ける。貸し付けの先兵は長年にわたって服従と忠誠、滅私奉公で洗脳されてきた得意先課員達だった。

平成二年、土地価格のあまりの高騰に驚いた政府は、不動産融資を抑えるように都市銀行に要請した。このことを契機に全ての資産が暴落し始めてバブル経済が崩壊し出す。

すると収益競争と出世競争を煽られ続けていた都市銀行と証券会社の、数千億円の不正融資が発覚した。富士銀行、住友銀行、日本興業銀行など大手の銀行の頭取、山一、野村、日興など証券会社の社長がのきなみ金融犯罪の片棒を担いでいた。

「支店長は泥棒以外何でもやれ。多少の行き過ぎは許す。収益目標を達成できなかったら罰を与える」との東海銀行の役員の支店長への檄が、新聞で報道される。

「達成できなかった部下を一日中屋上に立たせたり、キャビネットの上に座らせたり、バケツを持たせて立たせた」との、住友銀行の支店長の部下への罰が出版された。

富士銀行では得意先課員となって正月も休まないまま働き続けていた行員が、二千億円以上の偽装預金を元に犯罪を起こしていた。

その行員は三十三歳にビルラッシュに沸く赤坂支店の課長に昇進すると、四年連続で業績表彰を受ける。本部はその間「赤坂支店を見習うように」と、全支店に檄を飛ばし続けていた。

「私は富士銀行では一番収益を上げた男だと思っています。個人預金の獲得順位では常に五番以内に入っていました」

「本部は出世頭の私に猪突猛進型の戦士として、全国の得意先課員の模範になることを求めていました。その期待に応えるために犯罪に手を染めてしまったのです」

富士銀行では犯罪に手を染めた頭取に替わって海外勤務の長い橋本徹が新頭取になった。今までの猪突猛進、玉砕路線を支店に煽って出世してきた役員、部長、部長代理、支店長をラインから外して、替わって八郎の主張と活動に共感してくれていた人々が一斉に役員や経営職に昇格した。二十五年間続いた異常な経営を根幹から改めようとした。

その混乱した時期に『アンタッチャブル行員の日記』と『富士銀行行員の記録』が出版されたのだ。

「解雇になる。裁判になる覚悟をしたほうが良い」

銀行の広報部で取材したマスコミの話を出版社が伝えてきた。職場でも首になる噂話が八郎の耳に入っている。

地方銀行で「差別をなくす」争議をしていた人々が産別の個人加盟の組合を作っていた。八郎は地位の保全のためにユニオンショップ制の従業員組合を抜けてそこに入った。すると「抜けないでくれ」と従業員組合が言う。このことで八郎は「首はない」と判断した。

一方、産別組合に入るとすぐに委員長から言われる。

「解雇された方が闘いやすかった」

自分を受け入れる組合からこのような言葉を聞くとは心外だった。入ってからもおかしなことがあった。共産党の情勢分析をそのまま組合の方針にしたり、役員には銀行での地位がはっきりと反映されたり、地方銀行の親分同士の話し合いで組合が動いていた。

人事部は「支店長の口頭による注意処分」を八郎に言ってきた。国際部と総合企画部は処分に反対、業務部と事務管理部は賛成、その中間を取った処分だという。

出版した『銀行はどうなっているのか』のルポ、「住友銀行の事業は人なり」に憤った住友銀行から「小磯を処分するように」との申し出を、富士銀行は無視した。

「残業百時間」の記事を取材した赤旗の記者から電話だ。

「『富士銀行行員の記録』で共産党を公然と批判したので『除名にする』と、幹部会で話している」

十年前に離党しているにも関わらずの話である。八郎は電話口で笑ってしまった。

やがて八郎には富士総合研究所への出向を打診してきた。入行当時八郎が転勤を希望していた調査部が独立した研究所だ。ゼロから新しい勉強をする年齢ではないので断った。

このように二十五年間の悪夢のような支店経営と職場環境が大幅に改められた。しかし男性達の骨身に沁みこんでいる滅私奉公と絶対服従の体質は容易には抜けない。

「七時までに帰れ」「残業時間をきちっと申請しろ」の本部の指示は半信半疑で、支店長が命令しないと守れなかった。目標が容易に達成することや競争を煽られないことに不満を漏らす男性、部下を怒鳴り散らす支店長もいる。

自由が与えられても自分の意見を言えず、自立的に仕事に携われない男性達ばかりの富士銀行。八郎は立て直しに不安を感じた。

一方で資産の価格が底なし沼のように暴落し続け、多くの企業と中産階級が破産し続けた。銀行に勤めていた三十歳半ばから四十歳半ばの男性達は、上がることを前提に借金して買わされた富士銀行株と、自分の住むために買った四千万以上の住宅価格が底なし沼のように暴落し続け、膨大な借金だけが残った。

年収は年々下落して、出世を煽るために増やされた職制が大幅に減員された。地位も上がらず、定年退職しても年金の一部を死ぬまで借金の返済に回さなければならない状態だ。

同じころに山一証券など大手証券会社の次々の破綻、明治三十年代に設立した北海道拓殖銀行に続き、江戸時代の両替商から三百年以上続いた住友銀行、三井銀行、三和銀行、百年以上の富士銀行、第一勧銀、興業銀行が破綻し、エコノミック・アニマルは死んだのである。

世界を相手にした金融経済戦争での大敗北、四十六年前の太平洋戦争敗北の二の舞だ。

このような異常な状況が起きた原因を調べようと「日本的な人事管理システムのルーツと確立へのプロセス」を四年掛けて調べ、『日本的経営の崩壊』と題して三一書房から出版した。

その結果、戦時中の「産業報国運動」を、高度経済成長期に大企業で取り入れたことにあることがわかり、企業で働く者達が従来の「依存と滅私奉公、忠誠」の生き方を変えなければ、また同じことを繰り返す心配があることを知った。

『日本的経営の崩壊』を出版した後、八郎に人事部の部長代理が「勉強になった」と言う一方で、銀行の内部資料を公開した責任を問われて「人事部長名による文書での注意処分」が渡され、不要になった資料類が全支店でシュレッダーにかけられるようになった。

崩壊した日本経済を立て直すには国際的な基準である「ルール重視、情報公開を前提にした自由競争、優勝劣敗」の自由市場経済以外にないと、政府、企業とも動き出した。それに伴って経営と労働の関係もグローバルシステムの受け入れが必要となる。

しかし日本の企業は今までの日本的労使関係を変えようとしないと八郎は考えた。

なぜなら二十五年間、雇用の安定と引き換えに従業員を忠誠心と滅私奉公で縛って、企業収益を上げられた旨みを手放すわけはない。年収や社内福祉、退職金などはバブル崩壊以前のように受け取れないにも関わらず、従業員達も雇用の安定を求めて滅私奉公の考え方を容易に変えられない。

今から百五十年程前に「学問のすすめ」を書いた福沢諭吉の「独立とは自分で自分の身を支配し、他に依りすがる心なきを言う」の自立の精神と、二百五十年前の米沢藩藩主、上杉鷹山の「為せば成る　為さねば成らぬ　何事も　成らぬは人の為さぬなりけり」の自助の精神を持つことこそが、二十一世紀の日本のサラリーマンの幸せへの選択となる。『誇り高き平社員人生のすすめ』を花伝社から出版して、「自立と自助」の精神を自らの体験を織り交ぜながら書いた。

平成九年五月には「憲法五十年と日本の改革」と題した朝日新聞の「会社と向き合う個人に」と題した社説で、「サラリーマンの企業権力からの自立によって日本の再生がある」という八郎の意見を取り上げる。

五十九歳、富士銀行が第一勧業銀行、日本興業銀行と統合してみずほ銀行になる一年前に八郎は退職して、設立した「小磯平社員ライフ研究所」の仕事に専念した。

5章　一度だけの人生

死ぬ覚悟で生きる

『誇り高き平社員人生のすすめ』を読んで、小磯平社員ライフ研究所に「誇り高き平社員とその友の会」会員を募ると約三十人が九州、四国から北海道まで集まった。

　大企業に勤めている人では、労働組合活動をすることで企業から平社員のまま据え置かれた、企業内出世より社会貢献活動を優先した、女性総合職第一号でありながら滅私奉公を拒否した、出世とともに私生活が無くなって居直った、人事部で人事労務を担当して疑問を痛感した、実力主義でないテレビ局での処遇を疑問に感じたデレクター、学閥差別を正そうとして労働組合運動をリードした銀行員、上司のミスの責任を取らされた経営職の証券マン、差別人事を受けた経営職の保険マンなどが集った。

公務員では中央キャリア官僚、新市長との考え方の違いで出世コースから外れた人、労働組合活動によってスポイルされた人、昇格を断った高校教師、昇格したがリストラ対象となった郵便局員などが会員となる。

外には大学を卒業しながらも中学卒と偽って就職し、中小企業の労働組合結成に貢献した人、同じ様に中卒と偽って中小企業に勤めてやがて僧侶、そして草創期労働運動の研究家となった人、企業経営にクレームを付けたために差別を受けた人、銀行管理下で企業の経営が恣意的におこなわれ労働組合を発足させた人、親が大企業の役員、叔父達を医者に持つ軽度の統合失調症で、肉体労働に従事している学問好きの人などが参加した。

また弁護士や裁判官、大学教授や講師、研究所の責任者、会社経営者など、八郎が訴えた「日本のサラリーマンの自立」に関心を持った人々も集まる。

東大など著名な大学を卒業している会員が多かった。

季刊誌『誇り高き平社員』に、このような人々の自立への自らの体験と教訓を掲載した。八郎自身も「サラリーマンの自立」をテーマにした研究に従事し、十年間、季刊誌を四十号まで発行したのだった。その一部を綴ってみる。

ヨーロッパやアジアの人々の日本人観を調べた。

過去五百年間、ヨーロッパやアジア人の日本人観はあまり変わっていない部分が多いようだ。「礼儀正しい、社会秩序を守る、正直、勤勉、責任感が強い、教育水準が高い、女性は従順で情け深い、清潔、器用、好奇心が強い」などを一面として、「世間体を重んずる、閉鎖性が強く排他的、表裏を使い分ける、個人より集団に従う、一人一人に個性がない」などの他面があげられる。

これらの特徴の多くはラフカディオ・ハーンが分析したように、日本の長い歴史を通じて、所属する集団秩序のなかで自分の分限を果たすことが常に求められてきたことが、自然に日本人の資質として引き継がれてきたのであろう。

個人主義の国として対照的にあげられているイギリスも、集団主義の日本と同様に大陸から離れた小さな島である。しかしイギリスは歴史的に様々な民族が侵略して戦われた国のために、他民族が混在し国家権力が不安定だった。隣国の韓国や中国でも民族の抗争で歴史が進んできた。ところが日本は戦後のアメリカ以外に支配されたことのない国で、民族の統一が長い間保たれてきたのである。

日本人の資質はこのような閉鎖された集団社会で築かれた日本人の二面性となっている。

フロイスが五百年前に語っている

「日本人はいつも偽りの微笑みで挨拶する。日本では言葉が曖昧なのが良い。日本人は感情を特異な方法で抑制する」などは、明治時代に福沢諭吉が「学問のすすめ」で「独立の気力なき者は必ず人に依頼し人を恐れ、人にへつらう者なり」との日本人、特に農民など士族以外の人々の「習い性」の指摘と同じだ。今日でも権威秩序と分限を守るために職場では日常的なことだ。

しかし、二十一世紀のこれからは自由競争と市場原理が貫徹する個人主義の論理が日本社会に入り込み、日本人の生き方に大きな影響を及ぼしてくる。企業活動の在り方の変化とともに労働環境が変わり、サラリーマンの仕事観や生活意識、人生観を変えなければ幸福になれない時代に入るのである。

「自立の精神」が形成されてきた主要なヨーロッパ六ヶ国の人々の体験と考え方を調べた。

ドイツ人＝絶えることのない戦争を前に、十八世紀のプロシャ国は軍隊王として全国民を軍律で縛って、富国強兵国家への道を歩んだ。ドイツに国家統一してからも同じ道を歩むことになる。この体験が国民の生活習慣として定着して、規律や秩序に従って整然とした状態であることで安心する民族性を育んだ。

躾《しつけ》教育では孤独に耐えられ、自分で決定する態度を十歳までに身に着けさせる。その後は優勝劣敗の絶えざる競争で自らを立てるのではなく、最終学歴やマイスターなど社会的な資格によって将来が決定する。日本のように何でもこなすことはスペシャリストの自分の権威を傷つけ、残業をする者は能力が劣ると判断される。トップになれる幹部候補生は私生活を省みず仕事に埋没する。リーダーシップは日本では調整力と下からの積み上げが重んじられるが、ドイツではトップの決断と上意下達の指導力が権威となって集団をまとめる。

無宗教の者以外はカトリック、プロテスタントが二分している。

フランス人＝絶対的な権力を暴力で倒したフランス革命は仲間内での殺戮を繰り返す。その後、ナポレオンを独裁者に選んで、ヨーロッパ全域を席捲した経験を持つ。

カトリックの社会福祉、ギリシャの知性と民主主義の精神、多様性の寛容と秩序、啓蒙思想などが国民性の一部となっているが、多民族で形成されているために心の通う者同士の信頼感、優しさ、心通わぬ者同士の冷淡さとなる。互いに自己を主張することで理解し合い、いかなる民族の出身であろうとも権威と認め合う、集団と個人の関係が体験的に混在化している。カトリックと無宗教で二分化している国だ。

スペイン人＝イベリア半島に侵略してきた十三以上の民族が多様な宗教と文化を持ち込んできた国で、同じ血や生活習慣の仲間同士の絆を重んじる。国民の八割がカトリックゆえ、「労働は罰」の教えが身に着いており、所得より余暇を重視した生活を送る。気候的な影響もあって陽気で親切、個人同士、集団同士の関係が硬直的でない。

オランダ人＝フランスよりアメリカやイギリスに近い個人主義の社会で、多様な価値観の存在を認める。その一方で集団の中での個人の役割は命令より同意に基づく調整を重視し、合意の中で自由裁量を尊重し、誠実に責任を果たすことが求められる。また物事を相対的、逆説的に考え、謙虚な姿勢で社会的貢献をすることに価値を求められている。これらは海面より低い領土を浸水から守る工夫と努力を怠ることはできない国民生活を反映している。

日本人が欧米人に抱いている自己中心的な行動や考え方とは一味違う特徴をオランダ人は持っている。無宗教が五割を超え、後はカトリック二割とプロテスタント一割だ。

イギリス人＝日本と同じ島国でありながら大陸から近いために多くの民族が侵略し、略奪、殺し合いが行なわれた歴史が長い。その後、名誉革命と清教徒革命、議会制度の確立、産業革命の過程を経ることで、小さな島で多様な民族や階級が平和裏に過ごそうとすれば、冷静で自己抑制的な主張とともに弱者の意見に耳を傾ける必要がある。

これらはまた神の前にいかなる人間も平等であり、内省的に自らを律するプロテスタントの個人主義と、それを支える啓蒙思想を受け入れる土壌ともなった。プロテスタントが五割、カトリックが二割を占めている。

スウェーデン人＝国土の八割が河川や森林、沼地、凍土のために、家族労働を生活単位として自営農家同士が助け合わなければ生きて行けない。この体験を通じて忍耐、個人の尊重と平等、協調の精神が育まれた。侵略するソ連やドイツに従いながら国家建設を学び、時間をかけて国民的な合意を重視する国家となる。ほとんどがプロテスタントで、個人主義が徹底している。

アメリカ人＝イギリスで貧困で虐げられたプロテスタント、フランス人、オランダ人、スウェーデン人など多様な民族が移住し、自らの力で広大な大地の開拓をした。やがてイギリス本土からの独立戦争を経て、「全ての人間は平等に造られ、造物主によって一定の譲り渡すことの出来ない権利を与えられていること、これらの権利のうちには生命・自由、および幸福の追求が含まれている」の宣言でアメリカ合衆国を建国する。

個人の自立が前提の国として激しい競争社会となり、アメリカン・ドリームを求めて世界中から移民が絶えない。プロテスタントとカトリックが二分している。

以上のヨーロッパ数ヶ国を見ると地政学的な違いと、社会福祉や奉仕を重んじる集団主義的なカトリックか、個人の自立を重んじる個人主義的なプロテスタントの宗教教育によって、民族の意識や国家体制に違いがあるようだ。

フランス革命の当時、フランスの貴族だったトクビルがイギリスとアメリカに渡って民主主義の違いを名著「アメリカにおけるデモクラシー」で述べている。

「平民の自由や平等、民主主義を求めたフランス革命議会は、地方自治やギルド、労働組合を含めた国家権力以外のあらゆる団体を禁じた。ここに国家権力と中央官僚が平民を庇護する民主主義国家が形成される。その結果、人権と国民主権を宣言しながらも暴力的な政変を繰り返すフランス国家となってしまった。

長い間権力に盲目的に従っていた農民たちの多くは理性の力が弱く、多数者の判断に自分の判断を委ねた。自由と平等を求めながらも恐れたのだ」

「イギリスは、地方自治を担っていた貴族がブルジョアジーや農民と同盟して王権に対決した。その結果、国王は貴族の上院、平民の下院と主権を共有しなければならなくなる。王権を牽制する勢力が富と教育に基づいて次第に融合し、王権との支持、妥協、譲歩の関係が形成される。この経験を蓄積することで、労働者階級が議会を通じて政権を担当するまでに至り、実質的な国民主権となる。

つまりイギリスの民主主義者は国民をむりやりに幸福にしようとしないで、国民自ら幸福を求めるように、無知蒙昧と奴隷根性から救い出そうとした」

「アメリカはフランスとは正反対の民主主義だ。広大な未開拓の資源を自分のものにする自力の努力と、自由競争の土壌が社会の隅々に行き渡っていることが、社会的な平等を生み出している。人々が一定の地域に集まると自治組織が形成されて、政府や州に頼らないで生活する習慣が出来ている。

ヨーロッパ大陸のように特権としての身分制度はなく、富の力によって支配階級を形成する。法と生活習慣が支配する民主主義によって、ヨーロッパのように主権を必要としない分権的な国家だ」

このような比較をすることで、トクビルは自由と自己抑制、つまり個が自立することが民主主義の元と考え、自由を抑圧しなければ平等が実現しない民主主義は偽物だと考えた。

続いて四千年以上の間、亡国と奴隷、放浪、追放、虐殺の中で生き延びてきたユダヤ人の精神から、「自立」の意味を探ってみた。

ユダヤ人はノーベル賞受賞者の二割を占め、あらゆる分野で偉人を輩出している。人口に比べると驚くべきことだ。八郎が学んだキリスト、マルクス、サルトル、ドラッカーはユダヤ人だ。他民族からの迫害をほとんど受けなかった日本人とはまったく対照的な人々である。

紀元前五百年から千年間、旧約聖書を補足した口伝を、二千人の聖職者が書き留めたものが「タルムード」だ。多くは受難中に焚書にあって無くなっているが、この記録こそが受難の歴史からユダヤ人を守り続け、偉人を輩出した深く神秘な「海」なのである。

「神以外の宇宙のすべては対になって調和している。この世の存在を保障するのは正義、真実、平和の三つであり、内に調和を外に平和をもたらすことである。義務と権利があって調和しているように、極端に走らず自制や節制によって調和と中庸を保つべきだ」

「祈るより神の恵みや慈悲心などを生活のなかに組み入れる人間を、神は必要としている。人間は神に似せて創造され、何人といえども平等であり、神は自分の出来なかったことを人間に託しているのだ。そのために自分の行動に全責任を持ち、人の体験や書物から多くを学ばなければいけない。口は一つなのに耳が二つなのはそのためだ」

「人間は誰でも不完全で、ただ向上しようと努力する者と放棄した者がいる。過去の成功を通して物事を見るのでなく失敗や挫折を教訓として、希望や進歩を信じることで楽観的になる。自分には他人にない優れたところがあることを信じて努力し、みんなが一層優れるようにしなければ良い社会は形成されない。自分を愛せる人間が隣人を愛することが出来る」

「人間は手段を目的に変えやすく、人々の平和と幸福の手段であるべき権力が人々の尽くすべき目的となり義務となる。権力には神と正義と権利の律法に対する義務があり、支配者の諸権利は支配される者の諸権利の支配下にある。それを忘れた圧制者に従う者は奴隷中の奴隷であり、反乱は神への従順である」

「多数だから正しいとは言えない。例え一人でも正しいのだと自信を持ち、困難に立ち向かう勇気と、機会を捉えて果敢に自己主張する大胆さを持て」

躾《しつけ》や心のあり方に対する教えも微にいり細に渡っている。

「親の躾《しつけ》でもっとも大切なことは自分の子供の頃を思い浮かべ、親が感情をコントロールすることだ。そうすれば親の都合の良いように考えたり理想像を掲げて躾《しつ》けることはない。また子供のやることを否定的でなく、気持ちにゆとりを持ちながら、細かなことより優先することを穏やかでもきっぱりと躾《しつ》ける」

「人生には後悔や自責の念にかられることは当たり前だ。完璧でありたいと思う人は自分の欠点を見つけると、それだけで『自分は価値のない人間だ』と自分を批判する。しかし遺伝や小さい頃の環境に左右され、直すことは容易でない。人は他人と比較して自分を評価するために自分の人間的な価値まで低く見てしまいやすい。自分の価値や人の真価などは神以外誰もわからないことで、人は神に似せて創られているのだから、自分を含めて誰にでも価値があるのだ。やってしまったことには『今度は頑張ろう、この次には上手に自分の感情をコントロールしよう』と決意することが建設的だ。自分や子供の行為を変えることは容易ではなく、徐々にしか出来なくても神から与えられた自分の力を信じることだ」

そして「親を敬いなさい」という戒律では、

「感謝の心を大切に、尊敬を子供に強いてはいけない、従順は敬愛の表れ、生意気な子供の態度は無視する、親の深い思いやりが従順さを育てる、静かな話し方に威力がある、言った言葉は最後まで貫く、時には子供の楽しみを制する、指示は具体的に、呼ばれたら来るように躾《しつ》ける、躾《しつけ》の基本は適切に叱ること、時間と忍耐が必要」と教えている。

また「一貫した態度を取る」の教えでは、

「子供を幸せにするというのは間違い、子供の言いなりにならない、他人にどう思われようと気にしない、子供の拒否や反対を恐れない、子供にいちいち理由を言う必要はない」

「褒めること、励ますこと」では、

「褒めることに気を配る、褒めるときは具体的に、度を越して褒めない、やり遂げるように励ます、自惚れと失敗の恐れに気をつけてあげる、褒美は最初の手段、少しずつ減らす」

「愛情を込めて叱る」では、

「愛情の表現には右手で突き放して左手で右手以上に引き寄せるという両面がある、叱り方は何を言うかでなく、どう言うかが重要、叱った後の反応に気を配る、躾《しつけ》としての罰に対する反応に惑わされない、時には子供に不愉快な結果を味わせる」

「理解しあえる関係」の教えでは「子供と共感する、聞き上手になる、子供の自分自身の感情を理解させる」

「人に役立つことと思いやり」に関する教えは「家事の手伝いは積極的な意味がある、感謝の気持ちを子供に伝える、礼儀作法も思いやりの一部、親切は自発的にやらせる」

「整理整頓と清潔の勧め」では「ゲームのように楽しく皆で協力、さわやかな明るい声で具体的に言うか教える、新しい習慣は一歩一歩、清潔と身なりは良き指導と習慣から」

その他には、

「子供の嫉妬は自然なことだ、子供の言い分を聞くこと、喧嘩は避けられない現実だから子供同士のけんかに干渉しないで、子供同士で解決させる。食事のときに喧嘩は大目に見ないで忍耐力と譲り合いの精神を育てる、学校は躾《しつけ》の補助である」と教えている。

このような内容を「タルムード」に載せて亡国と受難のユダヤ人の心の支えとしていたのである。ドイツなどヨーロッパ諸国に一般的に見られる、有無を言わせず厳しく子供を躾《しつ》ける家庭教育とは全く違うやり方で、子供に自立の精神を植え付けている。

常に死を意識した武士として育てるために、子供が臆病にならないように厳しい鞭撻《べんたつ》や懲戒の方法をとらずに、自らの意思で親に畏敬の念を抱き、名誉心を植え付けるようにしながら、克己、礼儀、勇気、質素、威厳、忍耐、情け、廉恥心などを躾《しつ》ける武士と似た部分も多く、日本人が自立するために学ぶに値する教えだ。

日本人の自立を促した先人達

江戸末期から明治の初めに一部の武士は、かつての遣唐使、遣隋使同様に死を覚悟した長い船旅で、欧米に行った。そして知らなかった多くのことを学び、それらを長い鎖国から開国した日本に役立てようとする。そのなかに「人の生き方」があった。

中村正直　イギリスに行った幕臣中村正直は「西国立志編」として、サミュエル・スマイルの「自助論」を出版し、百万部を売る。そのなかの一部を振り返ってみる。

「『天は自ら助くる者を助く』の格言は幾多の試練を経て現代まで語り継がれてきた。自助の精神は人間が真の成長を遂げるための礎である。外部からの援助は人間を弱くする。自分で自分を助けようとする精神こそ、その人間をいつまでも励まし元気づける」

「すべては自らをどう支配するかにかかっている。それに比べれば外部からどう支配されるかという点は、さほど重要な問題でない。暴君に統治された国民は確かに不幸である。だが、自分自身に対する無知やエゴイズムや悪徳のとりこになった人間のほうが、はるかに奴隷に近い」

「『知は力なり』と言われる。だがもっと深遠な意味で言えば人格こそ力なのである。愛情なき心、行動を伴わない知性、優しさに欠ける才気――これらも確かに力ではあるが、下手をすると害悪をもたらす。誠実や高潔、善意という資質は人間の人格の根本を形づくっていく。この資質に意志の強さが加われば、それこそ鬼に金棒だ」

「真の人格者は自尊心に厚く、何よりも自らの品性に重きを置く。しかも他人に見える品性より、自分にしか見えない品性を大切にする。それは心の中の鏡に自分が正しく映えることを望んでいるからだ。

真の人格者は名誉を重んじる心が強く、卑劣な行動を取らないようにいつも気を配っている。言葉や行動において何よりも誠実を心掛け、小細工や言い逃れをせずに、不正やインチキには手を染めない。あくまで正直を貫き通そうとする。

真の人格者であれば自分より恵まれない境遇にいる人の弱さや失敗、過ちには寛大な心で接しようとする。富や力や才能におごらず、成功しても有頂天にならず、失敗してもそれほど落胆しない。他人に自説を無理に押し付けたりせず、求められた時にだけ自分の考えを堂々と披露する。人に役立とういう場合でも、恩着せがましいそぶりはみじんも見せない」

福沢諭吉　中村正直の「西国立志編」発行の二年後、アメリカやイギリス、フランスなど欧米諸国を視察した幕臣福沢諭吉が出版した「学問のすすめ」が三百万部、日本人の一割が買っている。

「『天は人の上に人を造らず、人の下に人を造らず』と言えり。されど広くこの人間世界を見渡すに賢き人あり、愚かなる人あり、貧しきもあり、富めるもあり……。

人は生まれながらにして貴賤・貧富の別なし。ただ学問を勤めて物事を良く知る者は賢人となり富人となり、無学なる者は貧人となり下人となる」と、身分制度が廃止になって間もない農民と商人、職人に、アメリカ宣言の自由、平等、人権、民主主義、独立の精神を、論語の教えとともに説明したのである。

一方で福沢は日本が欧米に追い付くためには「官尊民卑」を打破して民間の活力を強め、様々な産業を発展させることが必要だと考えた。百五十年後の現在の日本と似た問題を提起していたのである。

そのために旧士族を中心にして慶応義塾で実業界で活躍する人材を育成した。福沢は貴族階級がヨーロッパ社会の近代化を進めた力となっていることから学んでおり、権力への従属意識が骨身に着き、読み書きソロバンしか学んでいない農民や商人とは違い、士族は自立心が高いうえに論語教育を受けて理解力と行動力に富んでいた。

一方、企業経営を通じて日本に自立の精神を持ち込んだ人々がいる。

佐久間貞一　幕臣で下級武士だった佐久間はイギリス人の元で一時生活した。そこで多くの影響を受けながら印刷技術を学び、明治九年に教会新聞を発行する秀英社を設立する。

一日九時間労働、盆暮れと祝祭日、一ヶ月三日の有給休暇、給料と賞与規定、年金制度、社内福祉制度など日本では最初の先駆的な就業規則を取り入れた。その上、見習工を近隣から募集して寄宿させ、技術、職場規律、清潔に通じた人格形成と漢語と英語の習得をさせている。つまり印刷業という近代的で知的な職業にふさわしい、自立意識を持った職工作りと社会的地位の向上を目指し、イギリスの空想的社会主義者で実践的改革者、ロバート・オーエンに擬せられた。

二十年後には、アメリカから帰った高野房太郎などの労働組合期成会の結成に、印刷工組合を結成させたり、様々な協力をしている。

渋沢栄一　岩崎弥太郎は、「力と知恵がある少数の者が会社と財力を独占する」ヨーロッパでの弱肉強食の論理によって、三菱財閥を確立している。これに対して渋沢栄一はヨーロッパ市民社会で発展した株式制度と、論語に共通するキリスト教の慈善、「経世済民」の精神で、「富ある者が資金を出して、力ある者が株式会社を経営し、生んだ富を分配しあうことで日本的な資本主義を確立する」方向に動く。実業家は「仁、義、礼、智、信」の教えで自らを律し、「道理と時勢、人の和、自分の分限」を行動の指針とするように、政府から依頼された基幹産業の経営陣に旧士族を迎えている。

渋沢は「日本資本主義の父」と呼ばれ、また労資対等、協調を目指した労働組合友愛会の後援者として資金を援助し、政府が設立した労資の「協調会」の発起人となる。

大原孫三郎　明治十三年に米穀、綿問屋、紡績を営む倉敷の富豪に生まれた大原孫三郎は、早稲田大学時代に遊郭通いで親の財産を散財する。その後、クリスチャンで孤児院を運営している石井十次に出会って影響を受けた。

言われるがまま孤児院に金を寄付するとともに、自らは「女工の生活と社会的地位の向上、意識改革が会社発展の基礎」との考え方に立って、倉敷紡績に働く無学の女工のために学校を設立し、女工たちを搾取していた飯場制度を廃止して会社自身が運営した。また、苛めと不良化の温床である大寄宿舎制度から家族的雰囲気を重視する分散型寄宿舎に変更する。

その一方で企業経営に大学や高専出身者を充てて機械化と多角化を進めた。自らの企業のみならず地域社会のために病院を設立し、中国銀行、中国電力の創設や米の品質改良事業、小作の子弟の教育資金の助成、農業の多角化のための研究所、労働条件の向上のために労働科学研究所、美術館、社会問題研究所などあらゆる分野で先進的な働きをした。

しかし紡績会社で働く女工達の自立意識は高まることがないままだった。

明治時代に渡米して働きながら労働運動を学び、日本に持ち帰った人々がいる。彼らが職工達に求めたものは人間としての誇りを持つことだった。

城常太郎など草創期に労働者の自立を促した人々　父親は下級武士出身で鍛冶工だった。城常太郎は十五歳で靴職人として八年働きながら被差別人扱いを受け、地位の向上のために組合結成に力を注ぐが実現しない。そこで渡米して靴製造の技術を学びながら、同じ下級武士上がりの靴職人平野永太郎、木下源蔵、洋服職人の沢田半之助、様々な仕事と勉学に勤しんでいた高野房太郎で、アメリカの地で「労働問題研究所」と在米日本人の地位と労働条件の改善のために十人で「労働義友会」を立ち上げた。

仕事と生活態度を通じてアメリカ人の信頼を勝ち取ったことが地位の向上に役立った。城は一時日本に帰って「労働義友会、東京支部」を設立し、軍靴製造を民間から取り上げて軍が製造する方針に、経営者ともども反対運動をする。

本格的に城と木下が帰国すると、二人は「職工義友会」を結成して職工達の相談に乗りながら会員を増やした。しかし賃上げ要求に対して政府と経営者達は暴力と逮捕で臨み、話し合いでの解決が難しいことを知る。

やがて後藤新平からの依頼で朝鮮王室の洋服教師をし、銀座で洋服業を営んでいた沢田と、英字新聞の記者をしていた高野を仲間に入れて、「職工諸君に寄す」の歴史的な呼びかけ文を職工達に広める。

「労働は人が生き、社会が成り立つための神聖な営みである。労働者は身を律して品位を高め、誇り高く勇気を持ち、正々堂々と生きるべきだ。そのためにも労働組合を結成して団結し、資本家と闘うとともに、職工同士助け合う制度をつくる。そして社会体制を破壊する革命でなく労資協調のもとで着実な改良を進める。そのことで労働者の生活と社会的地位の向上を図る必要がある」

城と木下は靴職工組合を、沢田は洋服職工組合を組織した。城は「飲酒と激論の禁止、指導部の指示を守る」ことを組合員に求め、横浜船大工組合のストライキの指導をして賃上げを勝ち取った。

高野は暴力的な社会主義革命を否定するアメリカ職工組合の総同盟委員長ゴンバースと会って、日本における職工組合のオルガナイザーとなる。

アメリカで困窮な生活をしながら文学と神学の学位を取得して、イギリスから社会主義を学んだクリスチャン片山潜は帰国すると、教会の役員として社会奉仕に従事した。

やがて高野と出会い、秀英社の印刷工、製本工、鉄工などとともに「労働組合期成会」発足の主要なメンバーとなっている。期成会結成には佐久間貞一、日野伯爵、東京毎日新聞社社長、その後伊藤博文内閣の大臣、枢密院顧問となるイギリス帰りの金子堅太郎、高野の弟の東京帝大教授高野岩三郎など多くの知識人が支援者となった。

しかし、警察監視下でおこなわれた労働組合期成会の結成の時に、演説をした城は暴漢に襲われて関西に逃れて治療をし、木下は結核で運動から身を引いて靴屋となった。その後、体調が回復するとともに城は関西で組合結成と争議指導に明け暮れた。

やがて自らの生活も成り立たなくなり、四十二歳に結核で亡くなる。

キリスト教の社会福祉や博愛に価値観を置く片山は労資協調では職工の生活と権利は守れないと、資本家の搾取から労働者を解放する社会主義革命をめざし、社会民主党、その後共産党の創設に動く。

一方、職工の現実的な生活向上と自立した人格形成に価値を置いた高野達は治安警察法による労働組合弾圧、工場法の未成立、社会主義革命に動く片山達の、解決と展望のない問題を抱え込んだ。その上活動資金援助の増加と職工達の組合費の未納によって財政難が続き、労働運動から手を引かざるをえなくなる。

その後高野は中国で企業を目指し、沢田半之助は洋服業を営みながら金子堅太郎とともに日米親善に貢献する。

この間、平野永太郎は製靴技術を日本中に広めながら、職工達への夜学奨励、英語習得、漢文の教授、貯蓄励行を行い、城の労働運動の資金援助もしていた。

労働運動草創期の人々は「武士は食わねど高楊枝」の精神で渡米し、帰国すると生活難、病気、挫折を味わいながらも、職工の生活向上と誇り高い生き方を求めて組合を広めたのである。

村松民太郎など労働組合運動を実践した人達　城たちの呼びかけで最初に組合を結成したのは東京砲兵工廠の鉄工組合で、村松民太郎の力だった。村松は十年勤めた現場上がりで最高の地位である上級職工の助役で、八十人の部下を持っていた。彼は社内での地位もあり経営者から一目置かれていた七人とともに鉄工組合を結成する。そのうちの三人が労働組合期成会の役員となり、期成会の九割を鉄工組合で組織するようになった。

従業員が一万人を超える日本最大の日本鉄道で昇給と差別改善の争議が始まる。村松は高野や片山とともにオルグ活動に入った。争議を指導したのは八年勤務した機関方の石田六二郎で、キリスト教徒で組織された禁酒会「日本鉄道矯正会」が母体となった争議だった。

たちまちリーダー達十人が解雇される。すると四百人が順法闘争をして、青森から上野まで鉄道が動かなくなった。その結果、団体交渉で会社は組合の要求の全てを受け入れたのである。

日本鉄道矯正会規約には「会員相互の知識と技術の向上、職務勉励、人格向上と粗暴過激な挙動を廃し、会社との労資協調」が書かれてあった。

闘いに勝利すると石田は、

「労働運動は一種の道徳運動である。労働者が宗教的な考えをおこして身を修め、他人のために犠牲になることが喜びにならない限り、労働運動は発展しない。日本労働者の救世主になろう」

と呼びかけている。

自由民権運動家は一等車に乗って支援に来るのに比べ、労働組合期成会の人達は三等車に乗ってオルグ活動をしていた。それを見て多くの者が組合に入る。

しかしその後、片山の影響があって日鉄矯正会が社会民主党に入ったために、弾圧によって潰されることになった。

坂本龍馬の甥で、北海道北見で理想郷を作ろうとした坂本直寛の協力で、

「自分の権利を主張する前に自分の品位を高め、独立自営の精神を涵養し、勤倹貯蓄を実行し、会員相互親しみ助け合う。そして資本家と権利自由を平等に保持し、全国の炭鉱労働者を統合する」

を規約にした労働組合が夕張炭鉱に、南助松と永岡鶴像をリーダーに結成された。

そこに日鉄矯正会を潰されて意気消沈していた社会主義者片山がオルグに入ってきた。片山の勧めで二人は労働争議が始まった足尾銅山に入り込んだ。それまでの争議の対象が飯場頭と現場監督に向かっていたのを会社に変える。すると炭鉱夫の日ごろの鬱憤《うっぷん》と怒りが燃え上がり、三千六百人の暴動となる。軍隊が暴動を鎮圧するが、飛び火した多くの鉱山で暴動が起きることになる。

これらの暴動を社会主義革命への一里塚と幸徳秋水が評価をしたことで、警察があらゆる工

場から社会主義者を排除する動きに出る。

片山ら社会主義者達は「飲み、打つ、買う」「上には卑下し、下には横柄」な職工の人格形成と自立意識の涵養のプロセスを無視したままに、不満を争議活動、暴動に転化して社会主義革命を起こす運動をしていた。

その弊害は労働者の国である社会主義国家になっても労働者の自立意識による建国でなく、共産党独裁の統制なくしては国家が維持できなかったことは、百年後の社会主義国家の崩壊によって立証された。


幕臣士族の誇りとキリスト教徒の使命感　明治に入って士農工商の身分制度が廃止になる。士族は人口の約五％、百八十万人を占めていた。士族の圧倒的な者は生業を探さなければならなかった。中級以下の士族の二十三％が中央政府などの官僚機構、警察、軍隊など権力の中枢に入っているが、そのほとんどが薩長土肥出身だった。与えられた公債で食いつないでいた幕臣武士の失業者が絶えず、自由民権運動のエネルギーとなる。

薩長政府は北海道開発の屯田兵や欧米から導入した新たな多様な産業の職工として失業武士を雇用した。しかし悪い労働環境下での仕事に武士としての誇りが傷つけられ、靴の職工として渡米して労働組合を持ち込んだ城や木下、平野同様に、労働組合運動のエネルギーとなった。

石田や永岡を含めて労働組合運動をリードした者の多くは武士として学んだ論語と通じる聖書の教えを知って、キリスト教徒となっていた。

明治二十七年にキリスト教徒だった三万六千人の多くが幕臣とその子弟で、社会主義政党員の七割がキリスト教徒だ。

その後、友愛会、総同盟を結成した鈴木文治、後を継いで松岡駒吉もキリスト教徒だった。私財と出版印税を投げ打って神戸のスラム街でキリスト教伝道と生活救済をし、やがて労働運動、その後小作運動を賀川豊彦は指導した。

組合員達の性急な要求獲得、組合員でもある社会主義政党員からの罵声、組合費や共助会費の未納などの財政難、官憲の弾圧にもめげず民衆の救済に命を捧げている。

この体験を通じて賀川は、

「今日の日本の労働者は資本家に向かって要求すべき多くを持っているが、労働者自身にも要求する多くが残っている。今日の労働組織は親分子分によって成り立っている。この弊害をなくすには労働者が奴隷根性を払拭して人格を高め、互いに対等に討論できる労働組合を作ることだ。

成果を性急に求める闘いをすると、組合員の自由意思を奪う独善的な労働運動となる。

組合運動を暴力的な階級闘争に導こうとすれば失敗する。運動の基本が『愛』でなければ

『憎悪』によって争いは絶えないからだ」と、警告している。

大正末期から昭和七年までの雇用者は四百万人から五百万人で、労働組合員は三％、金融恐慌後でも八％にすぎないにも関わらず、労働組合期成会などが訴えた、「権利を主張する前に身を律して品位を高め、誇り高く勇気をもち、正々堂々と生きる」労働者作りに、労働組合が寄与するには至らなかった。

圧倒的な労働者は会社によって統制され、人権や「個の自立」とは無縁だったのである。城から賀川に至るまでの、労働組合をリードした一部の人々の誇り高い自立した生き方こそ日本人は学ばなければならないのである。

日本人の自立を抑え込んだ人々

日本資本主義が形づくられるとともに労働条件の悪化にともなって、労働争議や職工の頻繁な移動による労働力の不安定化が進む。それを解決するために、主要な産業の経営者達はアメリカに対策を学びに行っている。

武藤山治　豪農の生まれの武藤は慶応義塾で福沢に感化を受けて、二年間アメリカで学生生活と見習い職工をする。帰国すると福沢諭吉の甥で三井銀行の責任者中上川彦次郎の推薦で、鐘紡新工場の支配人となった。

そこで労働争議の絶えないアメリカ企業経営の教訓、「キリスト博愛主義をベースにした労務管理手法が労働者の企業への服従と忠誠を増幅する」とした考え方を日本的に取り入れる実験をする。

日本人の心を支配している儒教の温情主義によって労働者の服従と忠誠心を育むために、アメリカから学んだ様々な社内福祉を導入した。

ほかの紡績工場より優れた賃金、労働時間、休暇を設ける一方で、離職を防止するための義務的な社内貯蓄、安い家賃と生活物資の共済組合、さまざまな社員向け救済制度、娯楽、職工から従業員への昇進制度、子弟の学校教育を推進する。

また労働組合を作らせないために、不満や改善を会社に提起できる注意箱の設置、社内報の発行、工場内の意思疎通委員会と救済委員会、幸福増進係の配置、従業員と会社首脳部との面談制度など、きめ細かな施策を打ったのである。

その上で女工同士を競わせて作業能率を高め、高い者には賞旗を掲げさせて功名心をくすぐる。テーラー・システムを先駆的に取り入れ生産性を上げた。しかし機械の部品化した労働によって製品の質が落ち、それに対応するために仕事中の「精神集中」を職工に求めた。その後も続く労働強化によって職工たちのモラルが崩れ出すと、「会社家族主義」で洗脳している。

昭和五年、金融恐慌によって成り立たなくなった経営を打開するために、武藤は二十五％の賃下げ、解雇、強制帰休と手を打つ。瞬く間に労働組合が結成され、歴史的な大ストライキになってしまった。

緊急時には成功しなかったが、武藤によるこの実験は日本的人事労務管理の平時のベースとして、戦後復興からバブル経済の崩壊まで続くことになる。しかし日本的経営の奥深さはそれのみでない。緊急時にも効果的な対策に手を付けた。

田中義一　陸軍大臣や首相を務めた軍人である。田中はロシアへの四年間の留学と「軍隊国家中の軍隊国家」であったドイツ・プロシャなどヨーロッパ諸国歴訪によって、軍指導者と兵との一方的な命令関係と軍隊教育の問題点を観察して、これまでのあり方を抜本的に変えている。明治末期のことである。

第一にまず自ら参謀本部詰から前線部隊に降りて、現場を体験した。これ以降、前線経験のない幹部候補生はエリート・コースに乗れなくなる。これはやがて大企業でも取り入れられ、現在に至っている。

第二にそれまでの鉄拳制裁を通じた新兵教育を改め、中隊長を厳父として下士官を慈母、上等兵を兄に見立てた家族的な兵営生活にした。そして連隊長や大隊長、中隊長が兵卒と食事を共にする機会を持つ。

第三に日曜日に外部に出て反社会的な組織に交わったり、女遊びや博打、深酒にのめりこんだり、社会主義政党などから反軍思想を身に着けないように、兵舎内に農園や福祉施設、勉学の機会をつくった。

第四に「親心即隊長心」が部下統率の要であり、その親心を持って部下を思いやるなら部下は誠心誠意服従するという考え方を実践した。実践訓練では隊長である田中義一自ら率先垂範し、かつ誠心誠意親切にすることで部下の信頼を集め、

「田中連隊長のためなら命を捨てることも厭わない」

と異口同音に言わせる。このような関係を築くことで部下は上官の気持ちを忖度して行動するようになる。

入営した社会主義者には「私人としてあなたを信じ守るから、何かあったら私に腹蔵なく言いなさい」と胸襟を開いて話をする。軍隊内での田中の誠実な人柄に触れて、その社会主義者は除隊後も田中を恩人として公言している。

第五に新兵の性格や考え方、行動などを部隊長や入隊まで所属した職場長、学校長などから軍に上申させ、その兵に重大な違反が起きると親や彼らと連絡を取り、罰より情に訴えながら悔い改めさせた。それでも従わない場合は有無を言わさず制裁を加える。

このようにして上官のもとで一心同体となって全軍が画一的な行動を取り、死を恐れずに白兵戦を戦える兵隊にした。

また軍隊で鉄拳制裁を受けて除隊した兵が反動的に、国民が反軍思想を抱くような社会秩序を乱す行動を取っていた。国家総力戦体制でないと勝てない戦いでは致命的なことだ。

そのために田中はプロシャでおこなわれていた制度と兵営内での温情主義を国民に広めた。軍隊を除隊した者と地元有力者による「在郷軍人会」を組織して、入隊前の若者の「全国青年団」作り、規律や忠節、質素などの実践的な生活指導と軍隊教育を全国民対象に実施した。

農村では兵役中の男に替わって農作業の無償奉仕をして、不可欠な存在となる。

大工場の多くは田中が軍隊で行なっていることを書いた「軍隊内務書」を労務管理の柱とし、プロシャ同様に「在郷軍人会」のメンバーを労働現場に配置して社会主義勢力や産業別労働組合を排し、会社内組合との労資協調を促し、職場規律の厳守、企業忠誠心や労働意欲の涵養を実践的に労働者に植え付け、職場の兵舎化を勧めた。

敗戦まで続いたこの労務管理は、戦後の高度経済成長期から本格的に復興して、バブルの崩壊期まで続くことになった。

岸信介　農商務省に入った岸は昭和のはじめにアメリカ、イギリス、ドイツを視察している。

金融恐慌の時に再びドイツで学んで「産業合理化運動」を企業再建に取り入れる。

当時、ドイツは第一次世界大戦の巨額の賠償を巡って大不況に陥っており、それを立て直すためにアメリカのテーラー・システムとフォード・システムを取り入れていた。それまで熟練工の手仕事としてやっていた仕事を分解して合理的、画一的に再構築し、分化した部分、部分の仕事をベルトコンベアーで流して、未熟練の低賃金労働者同士が繋ぐ。そのことで生産性を向上させるのだ。

日中戦争を背景に、岸は「資本と経営の分離、労資一体、金融、貿易、為替、物価の統制、下請け業者の統制」などを柱とする「産業開発五カ年計画」を立案する。そして重要産業統制法を制定して、「臨時産業合理化局」の傘下に入る大企業に企業間の競争や利益重視の企業経営を排除して、企業間協調と工業品の規格化、賃金制度と利益分配の統制、職場組織の軍隊化などを命じた。

その後満州行政府の責任者として、ソ連型の五カ年計画による産業の生産性向上運動を実験した。戦時中には「産業報国運動」を通じて労働者、工場間の競争を煽ることで生産性を向上させるソ連型労務管理手法を日本の大工場に持ち込み、軍需生産に寄与している。

宮島清次郎　明治十二年に二宮金次郎の勤労精神が脈打つ栃木の二宮に生まれた。近くの渡良瀬川に流れる足尾鉱毒問題もあって社会主義に関心を寄せていた。東大法学部に入学した時に保証人は片山潜だ。

卒業後、犬養毅（後の首相）の助言もあり住友銀行に入社し、別子鉱業所の労働問題に首をつぎ込んだ。東大を卒業して、民間企業の労働現場で労働争議を担当した最初の人となった。そのことで絶対的統制ときめ細かく厳しい指示、信賞必罰の「住友精神」を教わり、やがて日清紡と東京紡績を再建した。

宮島は基幹産業の工業家とともに「日本工業倶楽部」を結成して労働問題担当になる。そして国連の求める八時間労働制に、

「多くの人口を抱える日本で経済を発展させ生活を向上させるためには、低賃金か長時間労働によって輸出を増やすか、移民など海外進出しかない」

と反対し、政府が提案した労働組合法の制定にも、

「労働争議の激化によって、生産活動が停滞する」

と、「日経連」の前身である「全国産業団体連合会」を結成して反対した。

日清紡に労働争議が起きると首謀者を解雇して、生産性を上げることを条件に労働条件の改善と社内福祉に取り組み、産別組合との接点を切る目的で、職工を社内に閉じ込めるためのスポーツクラブや勉強会に動員した。

戦後日本人の心を支配した人々

戦後、「自由、平等、人権」を謳った日本国憲法を頂き、民主主義国家として日本は蘇った。しかし職場のなかは戦時中と変わることがなかった。

桜田武　水野茂夫　戦後、宮島は日清紡の社長を、二十五年下の後輩で東大法学部出身、陸軍下士官を経験している桜田武に任せ、同じく社長をしていた国策パルプの社長に東大法学部出身で元共産党員だった水野茂夫を充て、自らは日本工業倶楽部理事長として十六年間就任した。その間に戦前、戦中に労働問題や経済統制に携わった後輩経営者達を使いながら、民主主義憲法下で、企業内戦時体制を構築したのである。

桜田は「日経連」を創設し、水野は「経済同友会」や日経連の幹事をしながらマスコミを牛耳ることになる。桜田や水野同様に戦後の「日本的経営」を確立した人々には、次のような人物がいる。

前田一　宮島より十五年後、東大法学部を卒業すると北海道炭鉱の労務を担当し、産別組合を弾圧して社内組合を作った。昭和四年にヨーロッパに留学し、やがて国際労働問題の政府代表の一員となる。日経連の初代専務理事だ。

鹿内信隆　早稲田大学を出て倉敷絹織に入る。やがて陸軍経理部で主計少尉となり、桜田達と知り合う。北海道生まれで炭鉱争議に詳しい鹿内信隆は桜田とともに日経連を担当し、水野同様にマスコミのジ・サンケイグループを牛耳ることになる。

諸井貫一　東大大学院経済学を卒業すると親が経営する秩父セメントの社長となる。郷氏とともに修正資本主義＝自由放任主義を排して、企業家が中心となって戦時中同様の経済運営を目指す「経済同友会」を創設する。また「日経連」、「経団連」の重責も担っている。

郷氏浩平　戦時中、産業統制のための「重要産業協議会」の事務局長をしていた郷氏は、戦時中の「産業報国運動」同様の国民運動として「生産性向上運動」を推進した。

その他、「住友精神」を銀行内で実践して住友系列の企業や富士銀行など都市銀行に影響力を広めた堀田庄三や、「労働は生甲斐であり、それを否定する労働基準法は悪法」との思想を広め、三省堂、共同印刷、ソニーで実行した小林茂など、多様な人材がいる。

彼らに特徴的なのは企業経営に協調的でない労働組合を徹底的に排して、返す刀で憲法で保障されている「人間としての誇りや個としての自立、人権や権利、自由」を企業内で排して、戦時中の「全個一如」の従業員統制、滅私奉公と忠誠、与えられた仕事を喜びとする意識を持たせるように、労働者の心を支配する労務管理をしたことだった。

そのことで労働生産性を上げて高度経済成長を進めた。

戦前から行なわれてきた様々な労務管理手法を一本化して、状況に応じて変化させる。これが日本的経営の本質なのである。それはエコノミック・アニマルと化して世界中を経済的に席捲して、やがてバブルとなってエコノミック・アニマルになった日本人を地獄の苦しみに陥れながら死んだのである。

アメリカのピーター・ドラッカーはまだ日本的経営が確立していない戦後十四年目に『変貌する産業社会』を日本で翻訳出版して、全体主義的な経営を正面から批判している。日本人経営者は好んで読み、ドラッカーの著書は四百万部買われた。しかしその批判を反面教師にして日本的経営が確立している。

『変貌する産業社会』から見てみよう。ユダヤ人の彼はドイツに生まれ、やがて第二次世界戦争とともにイギリス、アメリカに逃れている。その体験が裏付けになった組織論、企業経営論だ。

「組織は個人に対する支配を持たなければならない。しかし自由社会において組織それ自体が目的となり、個人がその手段になることは決して許されない。組織の個人に対する支配は、組織が社会に対する機能を果たし社会に貢献するために必要最小限に留めなければならない。組織が個人の生産力を利用し、個人に責任を与えることによって得られる利益を享受するのは当然であるが、個人に組織に対する忠誠や服従を求めるのは行き過ぎである。絶対に許すことが出来ない危険思想だ。組織と個人とは不可分一体の関係にあると考えることは許されないのである」

戦時中に行なわれた「産業報国運動」の「全個一如、国家の目的と個人の目的との合一が凡て国家の基調となる……国家目的に合致した力強い個人の発展が要請され、産業労働界における新時代の国民運動である」が、戦後の日本経営の要となることを予知しての批判だったようだ。

誇りと勇気と自制と

八郎は日本人がどのような自立をするのかを考えた。

欧米人に限らず中国、韓国、フィリッピン、インドネシアなど東南アジアの人々も自己主張が強いと言う。それは民族の存亡をかけた戦いの歴史と程度によって違いがあるだろう。いずれにしろ危機的な状況下で命を永らえてきた体験は人々の考え方や行動として、個としても民族共同体としても生活の中で親から子へと世代を超えて伝承していくものだ。

生命の危機を前にして神に救いと安らぎを求め、人や物事に批判的精神を養い、自分の生命は自分で守る個として、お互いに自由で平等であることを知り、危機を共にする個同士が助け合いの精神の必要性を体験するのだ。このような体験を教訓として自立した人々が集う社会が市民社会の典型だ。

改めて日本という国を見ると、他民族から容易に武力侵略されない程度に大陸から遠いが、個人を通じて大陸文化を取り入れることが可能という地理的条件にあった。その結果、陸地続きの国はもとより、大陸から近い島国のために侵略と戦いが絶えなかったイギリスのような体験もなく、平和裏に大陸文化を自国の状況に合わせながら取り入れてきた、という特徴がある。また他民族による大量虐殺や権力との大きな戦いを経験することのなかった日本の民衆は、生命の危機を前提にした個の主張を必要とせず、島国共同体の権威秩序に身を委ねていれば生きてこられたわけだ。

明治以降も極端な貧富の差と労働争議が絶えない自由資本主義国家建設を避け、国が企業と国民を監視しながら富国強兵の資本主義社会を建設する道を取ってきた。

戦後の高度経済成長を経て企業の力が強くなり、国民は経済的な安定、生命の保障を得たが、それは市民社会の形成や民主主義、個人の自由や人権を代償にしたものだ。個人が企業組織に逆らうことに対する非難を避ける、集団主義的な価値観と文化を温存したままだった。

労働市場がオープンでない日本では企業が個人より優位にあり、企業への忠誠心と滅私奉公を雇用の第一条件とし、企業がその人の能力を見極めて仕事を与え、労働生産性を高めるために個人同士の出世競争を煽る。そのかわりに企業が存続する限り終身生活を保障するというわけだ。

能力を売るのと心を捧げるとは全く違う。能力を売ることで生命を維持しようとする個は契約のほかは企業から自由で平等だが、心を捧げることで生命を保障された個は企業を辞めない限り終身、心を企業から拘束され続ける。企業の悪事を知っても見て見ぬふりをし、悪事を命じられれば行なわなければ生命が保障されない恐れがあるのだ。これでは個と企業組織とが社会に開かれた関係にはならず、市民社会が形成できるはずはない。

しかし自由経済のグローバル化の進展とともにこのような労使関係は次第に薄らぐことになり、日本的市民社会がやってくるものと信ずる。日本的と表現したのは以下の理由からだ。

すでに述べたように日本は民族存亡の血と血を洗う戦いのないまま、高度な資本主義国として経済的に豊かになり、弱者への社会的なフォローも進んでいる。このような環境下で迎える危機は「相手を倒さなければ自分が倒される」受難とは違い、自分と企業組織を客観視することで、出来る限り事前に危機を回避する方法を考える心のゆとりがある。

また日本人は集団主義的な、人の心を忖度する受け身の生活習慣を骨身に染み込ませている。組織権力への服従を育んできたこの意識は、市民社会が進めば共存する人々への思いやりにも通ずる。

これからも言葉の違いや遠い島国のためにヨーロッパ先進国のように他国の人々の流入は多くはないだろう。そのために日本人同士の問題が中心になる。そうなれば欧米人や中国、韓国人のように他人や組織への不信感や対決意識があまり強くならないまま、宗教心を必要とすることもない市民社会が形成されるのではないだろうか。

多くの国では組織より個に傾く天秤だが、日本では個より組織に傾く天秤でありながらも、今までのように極端にアンバランスにならないところで調和しながら、社会に開かれた関係に進むものと考える。

それではグローバル化するこれからの日本の社会環境に対応するために、子供の頃にどのような教育をしたら良いのか。

昭和二十年代、八郎が小学校の時の図書室には「義経物語」や「源平盛衰記」などの戦記物語とともに、「二宮金次郎」や「楠木正成」、「吉田松陰」、「明治天皇」、「乃木大将」などの偉人の本があり、読んでいた。

また「修身」や「教育勅語」「軍人勅諭」を暗唱して身体に染み込ませた父から、ことあるごとに躾《しつけ》のためとして言われ続けて来た。

最近になって山形県米沢市内を歩くと、上杉鷹山の「為せば成る　為さねば成らぬ　何事も成らぬは人の為さぬなりけり」という言葉や、市民憲章の「教養を高め、文化のまちをつくりましょう。勤労をたっとび、豊かなまちをつくりましょう。互いに助け合い、楽しいまちをつくりましょう。きまりを守り公共物を愛し、明るいまちをつくりましょう。郷土を愛し、きれいなまちをつくりましょう」と書かれた掲示板が、数多くあった。

八郎は子供の頃を思い出してなつかしい思いになった。

このことが動機となって、明治から敗戦まで五十年続いた「修身」の教科書を読んでみた。確かに「修身」は「天皇」や「教育勅語」「日の丸」「君が代」とともに戦争の象徴として多くの国民から背を向けられ、八郎自身も忌まわしい満州での自分の体験を重ね合わせて、拒否反応に近いものを感じてきた。

しかし、後世の人々が同じ過ちを犯さないように心掛けるためには、拒否する感情を克服して歴史の流れの中から詳細に学ぶことしか方法はないのではないか。いつの時代になっても戦争が絶えることがないように、再び日本人が過ちを犯さないとは断言できない。ましてや一世紀も過ぎれば戦争体験の言い伝えも次第に薄れてゆき、新しい時代を担っている人々には昔話に過ぎなくなるのだ。戦争体験のある人々が生きている今のうちに、臭いものに蓋をしないで臭くなった原因と解決策を考えることが人間の英知であり、人類の歴史の教えるところではないか。このように八郎は考えていた。

明治初期の修身教科書に取り上げられていたのは欧米の自立精神や個人の自由、平等に関する福沢諭吉や中村正直の翻訳した内容が多い。しかし日本人の心を支配していたのは四民平等となっても身分秩序を厳格に守る、権力への恭順であった。

明治十年代に入ると「国民の品格や風俗、秩序が乱れた」として、儒教的な忠孝道徳に修身教科書に改めるように政府から指示される。

これに対して「修身教育では自由を尊び人間の価値を重んじるよう、倫理的に人間を修養することが第一」と、教科書を編集した学者達は反論した。

やがてプロシヤから学んで大日本帝国憲法作成に関わり、枢密顧問官や文部大臣となった井上毅と天皇の側近で儒教学者、元田永孚が草案を作り、中村正直、山県有朋、芳川文相の意見で修正して、「教育勅語」が出来たのである。

その方針に従って修身教科書が作られたが、神国日本の歴史や天皇と皇室を敬うことのほかは、日本や欧米の偉人の体験をもとにして、儒教的で実践的な倫理観を教えている。論語を身に付けた幕臣達がキリスト教徒になって社会改革に動いたことを考えても拒絶する内容ではない。

現在の学校の「道徳」で取り上げられている「素直、正直、希望、勇気、礼儀、真心、謙虚、寛容、役割と責任、公正、正義、親切、思いやり、誠実、明るい心、理解、信頼、助け合い、規律、公徳心、勤労、自主性、粘り強さ、自立心、節度、自由、規律、真理、創造、年長者への尊敬と感謝」などの内容と重なる部分が多い。

このことを知って、八郎は日本人の自立教育の在り方を模索してみた。

人の世はいつの時代でも厳しいもので、能力をはじめあらゆることが不平等なのだ。この現実を小さい頃から直視させながら、自分の夢を実現する希望と勇気、克己心を身に付けるようにする。このことが集団主義に埋没しないで自分個人の生き方を追求する、自立心ある人間を形成するのではないか。こういう人が自分の人生を追求しながら、自分自身と人間社会を足元から改革する力を持つことになると思える。

個人の努力や生まれながらの能力の違いを抜きにして「結果の平等」など、現実にありえない理想を前提にした教育は子供を観念的にする。また択一式試験問題の正解のような人生マニュアルなどはない。これらに浸ってきた若者達は回答を見いだせない厳しい現実にぶつかると、逃げたり権威に身を委ねたりする人生を歩むこととなる。

武士やユダヤ人の躾《しつけ》教育を参考にしながら、親の愛情と威厳のある家庭での躾《しつけ》によって、基礎的な生活態度を身に付けさせる。学校集団のなかでは決まりや集団行動を守らせることを通じて社会生活の基本を身に付けさせる。そして多くの友達と交わることで多様性を知り、人と違う自分を意識させるようにする。

その上に、日本のみならず世界中のさまざまな分野の偉人が歩んできた苦節の人生と教訓を、数多く学ばせる。

これらによって子供は人に役立つ自立した人間を目指して、人生や物事を相対的に捉えながら自分の歩むべき道を考え、決断するようになる。とともに歴史に関心を持つことになる。

「修身」教科書のように偉人の話を切り刻みながら徳目を並べるのではなく、人は短所を持ちながらも克己しながら身に付けなければならない徳目を、偉人の全人生を学びながら子供自身が感じ、考えるようにする。このことによって自立心や自由、民主主義の精神が日本人の心に宿るようになるのではないか。

終わりに

燃え続ける命の炎

八郎は四十歳代に七年間、団地草創期の町内会の議長をしていた。退職してからは地域住民、特に定年を迎えた男性たちを地域社会に呼びこんで活性化に役立ってもらおうと考えた。太極拳と気功体操を覚え、二年間に六百世帯に呼びかけて四十五人を集めて土日の早朝に教える。また季刊紙「一丁目のひとびと」を発行して、地域に役立つ活動をしている人や住民を励ます話を町会の回覧板で紹介して二年間が過ぎる。ほかに「山と散策の会」を十数人で組織した。

これらの体験を通じて、四十年以上を会社人間として生きてきたサラリーマンたちが自立的に市民社会を形成することの難しさを痛感した。

地域活動とは別に自分の可能性を確かめようと、少年時代に手伝ったスーツ、ズボン、シャツ作り、満州で食べた水餃子、饅頭、客から教わった味噌、うどん作りをし、本を読んでパン、チーズケーキを作ったり、小さな庭で野菜作りをする。

そして手賀沼の畔で五年間、ソロ・ウクレレを奏で、二年間、水墨画を学ぶ。今は作詞作曲をしようとキーボードで楽譜を叩くとともに、妻とともに囲碁を勉強し出した。

これらのことをしながら、人とあまりにも違う自分を改めて振り返ってみた。

人はいつ死ぬかわからない。だから命ある限りは生命のエネルギーを積極的に燃やし続けなければならない。そんな考えが三つ子の魂として心に刻み込まれている。

見知らぬ人から人に預けられて、いつも不安と緊張を感じ続けた。そのために大人たちを観察して保身を考え、行動するようになった。やがて出会った実父と継母には苛められ、精神的に追い詰められた。そのために自分の行動や考えを確かめる習慣が身につく。

幼少期のこのような体験によって感受性が強くなり、自分をいつも意識するようになる。そして人と同じだと自分を見失うように感じ、目的もなく人と集ったり競うことを避け、独自的なことを求めた。

少年期には自分が何者かわからない不安でいっぱいだった。でも中学校に入ってからは大人との葛藤で悩み苦しんでいる友達や職場の人々との出会いを通じて、親から言われてきた自分ではないことを知ることとなった。

生きる自信がつくと、満州で死んだ母と弟の分まで生きなければならない運命を担っていることを自覚して、自分を固執し続ける鬼となる。やがて自分のルーツである坂東武者を意識するようになり、「武士は食わねど高楊枝」と「義を見てせざるは勇なきなり」の家訓が自分を縛るようになった。

また親に言われ続けた「へそ曲がり」が「独創的な発想を好む」、「潔癖」が「几帳面で、物事を突き詰めて考える」、「執念深い」が「簡単にあきらめられない」、「落ち着きがなく、せっかち」が「何事も行動的で早い」、「顔色を伺う」が「相手の状況や考えていることを洞察する」、「人生の落伍者」が「人と競わない」、このような性格と気質の裏表を持った自分を自覚することとなる。

これらが無意識に自分の心の支えとなって、巨大な組織と闘い続けられたのだ。

孤立した自分を覚悟していても、緊張した状況にいつも自分を置くことは楽なことではなかった。僕のことを理解してくれて救いを求めてくれる人がいれば心は救われたが、転勤する新しい職場の人々が僕に心を開くには、長く孤独な時間が掛かった。しかし妻がそばに寄り添って僕を不安から解放し、新たな闘いのエネルギーを補ってくれていた。

波乱万丈だった人生で誇れることは三人分の生命のエネルギーを燃やしながら、身近な人達

満州・司法部前

の支えと闘う気持ち、そして先人達の教えを勇気の糧にして生きてきたことだ。

平成十六年七月、八郎は妻を伴って母と弟の慰霊の旅をした。大連から満州鉄道に乗って新京に向かう。記憶に残る建物や道路、樹木だった。司法部ビルの前にある樹木で覆われた公園の、母を茶毘《だび》に付したと思われる場所に佇んだ。生前の母との思い出、母の亡骸《なきがら》から燃え上がった紫の炎と煙、八郎の瞼《まぶた》に昨日のように蘇り、嗚咽《おえつ》した。

修三と一緒に住んだ児玉公園の前のビルは、残骸のような様相をして残っていた。生まれたチチハルに降りるが二歳の記憶はない。弟が亡くなった満鉄病院に行くと、中庭に母子の白い像が立っていた。

八郎は満州での日々から今日までを振り返った。命を生かされてから六十年、異国の地で命を落とした母と弟に生命のエネルギーを注がれながら、「自分とは、人間とは、生きるとは」

を問い続け、探し求める旅をしてきたことを改めて考えた。

バブル経済が崩壊して二十年近く経つと、世界に開かれた日本を意図していた政治と経済、そして大企業も次第に内向きに変わってしまった。

外国に留学した学生を「自己主張が強い」との理由で採用しなくなり、海外からの企業進出や企業買収、投資、外人の役員を排除するようになった。そして再び従業員に滅私奉公を求め出した。ルールの重視や情報公開、規制緩和の国際基準を満たしながらグローバル化する時代に逆行して市場を閉鎖し、「ガラパゴス化、老衰化」に向けての動きが始まったのである。

それにあわせるようにして日本的経営を再構築するようになり、そのことに耐え切れない若いサラリーマンは企業から逃げ出すようになってしまった。

（当面は逆流が流れるのだろう。いずれは開国することにならざるをえないが……）

八郎は平成二十二年、「小磯平社員ライフ研究所」を残して季刊誌『誇り高き平社員』発行を休刊し、十年間続けていた「誇り高き平社員とその友の会」を解散した。

日本が低迷している間に、経済的に成長した隣国の中国と韓国は日本と対決的になり、優柔不断な外交ではすまなくなってしまった。

内政、外交とも内向きで混乱した政治に危機感を感じた国民は、平成二十四年十二月、安倍自民党政権を選んだのである。同時に、戦後日本のあり方を抜本的に変えようとする政治勢力が国民から支持を受け出した。

このような国民の意思を背景に、政治が自立的、挑戦的に動きだして開国の方向に舵を切り出した。経済の本格的な再生と、意志をはっきり表明する外交が始まったのである。

(時代の変革期が本格的に来たようだ)

八郎は『誇り高き平社員人生のすすめ』を出版した十三年前の大きな志を蘇らせた。

そして自分の誕生から現在までの体験と学んだことを書いて、福沢諭吉の「一身独立して一国独立する」の現代的な意義を世に訴えようと思ったのである。

おわり

最後になりますが『誇り高き平社員人生のすすめ』同様に、私の志を理解して出版のチャンスとアドバイスを頂いた、花伝社の平田勝様には心より感謝を申し上げます。

小磯彰夫（こいそ　あきお）
昭和 17 年、満州チチハル生まれ
昭和 35 年～平成 13 年、富士銀行勤務
昭和 41 年、法政大学 2 部社会学部応用経済学科卒
平成 13 年、富士銀行を定年 1 年前に退職。退職翌年にみずほ銀行に統合（平成 14 年）
平成 13 年～平成 22 年まで「小磯平社員ライフ研究所」「誇り高き平社員とその友の会」設立。季刊誌『誇り高き平社員』を 40 号まで発行。
主な著書に『富士銀行行員の記録』（晩聲社）、『喜劇シナリオ・金だ、出世だ、サラリーマンだ』（晩聲社）、『日本的経営の崩壊』（三一書房）、『誇り高き平社員人生のすすめ』（花伝社）等。
連絡先メールアドレス　koiso-hiraken@nifty.com

耐えて、耐えて、居直った男の話——実録・ある銀行員の戦後史

2013年6月1日　初版第1刷発行

著者 ——— 小磯彰夫
発行者 —— 平田　勝
発行 ——— 花伝社
発売 ——— 共栄書房
〒101-0065　東京都千代田区西神田2-5-11出版輸送ビル2F
電話　03-3263-3813
FAX　03-3239-8272
E-mail　kadensha@muf.biglobe.ne.jp
URL　http://kadensha.net
振替 ——— 00140-6-59661
装幀 ——— 黒瀬章夫（ナカグログラフ）
装画 ——— 平田真咲
印刷・製本 — シナノ印刷株式会社

ISBN978-4-7634-0665-1 C0093